AF439671

ESE MAR QUE VOLÓ HECHO UN ESPEJO

Narrativa No. 13

mimalapalabra editores

Ese mar que voló hecho un espejo

RAÚL LÓPEZ LEMUS

Ese mar que voló hecho un espejo

Primera edición
© Raúl López Lemus
© mimalapalabra editores, San Pedro Sula, Honduras, 2021

Diseño de cubierta y diagramación: mimalapalabra editores
Fotografía de la portada: Rodolfo Sabillón
Fotografía del autor: Gerardo Torres

ISBN: 9798748712934

Este beso en tus labios como una lenta espina,
como un mar que voló hecho un espejo,
como el brillo de un ala,
es todavía unas manos, un repasar de tu crujiente pelo,
un crepitar de la luz vengadora,
luz o espada mortal que sobre mi cuello amenaza,
pero que nunca podrá destruir la unidad de este mundo.

Vicente Aleixandre

1

Sibila, amor mío, esta historia tuvo su principio, sabes, aunque a ninguno de los dos nos interesen ahora las fechas o lo que significan. Pero los números están allí para recordarnos algo. Para evocar, por ejemplo, que en mayo de 1998 yo era un estudiante de literatura y que tú estabas a punto de entrar en mi vida. Gracias a esos números viejos y retorcidos del calendario puedo reconstruir aquella etapa crucial de mi existencia, sacarla de la memoria en la que hibernó durante años. Puedo darle un espacio concreto, insuflarle vitalidad, verosimilitud… ¡Mira, mi vida, ya está aquí, he rehecho sus minucias, sus contornos se perfilan ante mis ojos miopes! Bastará, a partir de ahora, que consiga dotarla de aquel desencanto, que era tu seña particular, y recoger los pedazos perdidos, segmentos que el tiempo le cercenó cada año con devoción.

Mayo de 1998 es crucial para reconstruir nuestra relación amorosa, Sibila. Marca, además, el principio de los sucesos en los que nos vimos involucrados cinco meses después debido a un huracán. Lo cierto es que fue un tiempo de sorpresas, de epifanía, diría con pesar. Ya no recuerdo el significado concreto de esa palabreja, qué quieres que haga, Sibila; pero en aquella época se repetía mucho en la universidad. Alguien sacaba pecho con ella en cada clase. Pero bien, dos cosas importantes me fueron develadas en esa época y determinaron el rumbo de mi vida. La primera, comprender que el tiempo era esa sustancia turbia que corría alocadamente frente a nuestros ojos y nos mostraba los arrebatos de un mundo en constante fuga; y la segunda, entender que los hombres podríamos ser capaces, si nos lo proponíamos, de incidir en su corrimiento desenfrenado. Es decir, que era posible salirnos de la historia oficial y crear una propia que fluyera paralela. Tú fuiste parte de esa iluminación, Sibila, un libro que trataba acerca de tu existencia y que yo me encontré por pura casualidad en la pequeña biblioteca del Museo de Antropología me llevó a razonar de esa manera. El último lugar en donde uno cree hallar un libro que trate acerca de la adivinación y de la suerte de los hombres.

Había solicitado en préstamo aquel libro y paseaba con él, impune, por las calles. El libro me trasmitía seguridad, como si el futuro estuviera oculto entre sus páginas. No temía los atracos ni a los autos que chirriaban a unos centímetros de mis piernas, ni me preocubaba el calor que aplastaba mi cuerpo contra la acera después de clases. Por las tardes me ponía a leer con devoción. Había descubierto una tienda de licuados de frutas a unas cuadras de la parada del autobús que me sacaba de la universidad. Era un lugar estrecho y bullicioso, pero tenía aire acondicionado, butacas cómodas, y nadie iría a importunar tu lectura por el hecho de que no compraras nada. Había meseras escandalosas y unas licuadoras que chillaban como si les dolieran sus dientes de aluminio.

El libro que trataba acerca de tu existencia me hipnotizaba, Sibila. Sabes que entonces era un muchacho ingenuo, propenso a la sugestión. De repente veía sólo el libro, una pasta reseca de polvo de papel que surgía de las páginas y se tragaba todo alrededor. Yo mismo había sido engullido hacia el fondo del libro, que no parecía contener fin. Entonces el mundo físico cambiaba, Sibila, se reducía a ínfimos trocitos inatrapables. Era como si ya no estuviéramos dentro de un espacio medible, razonable, aquel que conocíamos desde siempre y que rotaba presuroso de un punto caótico al siguiente. No, Sibila, este mundo que miraba desde el agujero en que había caído se podía reducir, manejar, cortar en segmentos cada vez más pequeños con sólo parpadear un poco. Se comprimía ante mis ojos, al extremo de casi dejar de avanzar. ¿Sabes cuál era la ventaja de habitar una realidad así?, ¿la sabes, Sibila? Los hechos ya no tenían significado, ni forma o concreción, tampoco se movían hacia algún lado. Para los sentidos el mundo se hallaba inmóvil, atado a un punto que era el centro de todo. Y lo mejor: yo podía decidir el rumbo de los sucesos a mi antojo, Sibila; yo determinaba en qué debía parar todo aquello que producía a diario la ciudad. Y ya no importaba que los hombres continuaran con sus actividades cotidianas, mi mundo se había transformado en una cosa congelada, y mi vida iba con él por un rumbo distinto, mientras la gente alrededor bebía sus licuados de sandía o se atragantaba con la limonada.

Me gustaba tomarle el pelo a esa gente tonta, que tan sólo me veía como a un loco más. Cuando el mundo se aquietaba, yo me paraba en medio de las mesas y empujaba los hechos hacia alguna parte. Bastaba con que colocara la mano abierta a la altura de la barriga y tirara hacia una dirección. La realidad echaba a andar enseguida, de manera lentísima a veces, o se desbocada, según fuera la fuerza que hubiera aplicado. Así descubrí que había otras realidades ocultas, que el mundo no tenía que ser siempre ese paisaje aburrido que nos señalaban a diario los sentidos. Descubrí que cada uno tiene a la mano un mecanismo singular con el que puede construirse su propio destino o un paisaje indistinto, que no tiene por qué estar ligado a aquel sistema complejo que la humanidad considera como la suma de todo.

No pienses, Sibila, que pude llegar de manera fácil a esa conclusión. Tuve que hacer el idiota por muchas semanas; aguantarme las puyas de los parroquianos ociosos que también habían encontrado refugio en la tiendita de los licuados. Los hombres no van a comprender nunca, Sibila, ni porque se escriban libros como éste. Ni siquiera porque los genios de la NASA publiquen con pompa en Discovery Channel sus hallazgos. Los habrás oído vociferar alguna vez. En la NASA me dan la razón, sabes, creen que el mundo es una trivialidad sin sentido, están convencidos de que la mayoría de la materia que conforma el universo no existe realmente, no tiene sustento, ni representa nada para merecer una explicación objetiva; piensan que es una fantasía exponencial: un universo que es sólo la proyección de unas células tontas enclavadas en la cabeza de alguien. ¡Habrase visto! A mí me bastó con sentarme a leer tu libro, invocarte, renunciar a aquel bullicio que se formaba cuando el pequeño autobús depositaba su cargamento de estudiantes en la acera. Me bastó sentarme en medio de los locos verdaderos y demostrarles que yo lo estaba más que ellos, Sibila.

2

Tú viniste a mi vida dos meses después, amor mío. Aunque ya había intuido tu presencia antes en algunos detalles que llamaban mi atención de la ciudad. Estabas, por ejemplo, en el aire caldeado que irrigaba las calles fundidas en el humo de los autobuses, entre el endemoniado calor y la aparatosidad del tráfico. Alguien gritaba tu nombre en cada esquina cuando yo pasaba con mis libros, otro lo susurraba dentro de mis oídos de una manera tintineante y perversa. En la universidad también habíamos leído acerca de tu existencia, de tu intromisión en la historia humana. En la clase de Literatura Universal I se establecía la controversia: ya sabes, cuando rebajaste tu condición divina para servir de guía por el Hades al astuto Ulises o al valeroso Eneas. Yo sé que eso se lo inventaron griegos y romanos porque necesitaban poner a los dioses de su parte, pero no voy a decírselo a nadie, es una promesa contigo, Sibila. De todas maneras, los hombres ya no están interesados en tus viajes fabulosos, les importa un bledo los tipos que se van de cabeza al infierno; ahora confían más en la razón, en la tecnología o en el progreso, a pesar de que la idea que se hacen de esas categorías monumentales sea tan imprecisa. Aunque después de lo que pasó con el huracán ya no estoy tan seguro. Tampoco puedo afirmar lo contrario, este lugar al que te trajeron mis violentas palpitaciones no es Grecia o la Roma eterna de los Césares, Sibila, donde te sentías tan a gusto. San Pedro Sula no conoció el valor de los Gens Julia ni el sopor de las guarniciones asentadas en las fronteras; aquí las desgracias colectivas se convierten fácilmente en una forma de la mendicidad.

Pero bien, vuelvo a lo importante: la entrada de tu vida en la mía. Diré que yo estaba tan conmovido, tan fuera de razón por aquella época, que un día invoqué tu nombre, Sibila, en voz alta, como una interpelación a mis propias creencias juveniles. La catedral hacía sombra a aquella tiendita de licuados donde me gustaba leer, pero ya no me sobresalté al soltar la temible blasfemia; incluso, creo que se trataba de un desafío directo a aquella mole de concreto. La semana había sido triste, calurosa y triste; ya se ve que cuando uno tiene muchas pretensiones cree tener derecho a insinuársele a cuanta muchachita se cruza en su camino. Pero las mujeres no se enamoran de una cara triste y pretensiosa; es más, huyen de los tipos que las poseen. Tal vez estaba enamorado y algo se descolocaba a cada momento dentro de mi organismo provocándome dolor. Súmese a esto el hecho de que ya no pensaba como debiera y la influencia del libro. El resultado era nefasto para un muchacho que se refugiaba en la literatura porque la realidad lo repelía, lo dejaba afuera de sus márgenes físicos. Además, Sibila, estaba la circunstancia de que había descubierto una rendija entre lo concreto del mundo, me había adueñado de esa caverna singular en la que el espacio y el tiempo crean los destinos de los hombres. Un lugar oculto a la vista de los idiotas, ya te lo puedes imaginar.

Pero todo se juntó en un punto específico de mi corazón para crear las condiciones que te trajeran de nuevo a este mundo que repudiaste siempre, que condenaste con tus palabras de fuego. Luego sólo faltaba que te dejaras ver, que se prendiera tu imagen en alguna calle o que naciera la fórmula que te diera vida de nuevo. Sí, Sibila, una sola frase era necesaria y yo la produje. Me declaro culpable de haber condenado a muchos de mis compatriotas, de haberles arruinado su vida; al traerte de regreso, tal vez también invoqué la tragedia, llamé al huracán, resucité al dios cojo que tanto pavor producía entre los antiguos Mayas. Unos meses después seríamos testigos de sus estragos.

3

Aquel día en que tu destino chocó con el mío se presentó de una manera trivial, Sibila. Recuerdo que era jueves, final de la semana de clases en la universidad, mucho optimismo en el ambiente, aunque mi estado de ánimo seguía por los suelos. Uno no se deshace tan fácilmente de los rechazos amorosos, insiste con terquedad en ellos.

Después de las tres de la tarde el calor de julio cedió de forma abrupta para dar paso a una tormenta ruidosa. Acababa de bajarme del autobús y caminaba de manera errática por la Segunda Avenida noreste. Tú no sabes lo que eso significa, no posees nuestras limitaciones. Un cielo pegajoso te cae encima sin que puedas evitarlo, la gente corre y te pisa, el estruendo de los rayos se mete en tu diafragma con fuerza. Quieres poner a salvo tu cartera o los libros, pero su peso no te ayuda a arrancar del todo. Meterte en el alero de un edificio sería como aceptar que los elementos te han ganado la partida. Decides seguir, cruzar la avenida desierta y ver si en el otro extremo de la manzana también llueve.

Los edificios se ablandan y bailotean sin sentido luego de unos cuantos minutos de aguantar lo peor del ventisquero. Entonces te fijas que la gente se mofa de tu figura torturada por la tormenta; sobre todo, aquellos que han conseguido los mejores puestos en los zaguanes. A uno no debería importarle la chanza de sus semejantes, ni siquiera porque una lluvia absurda ha afectado su parte emocional, lo ha hecho retroceder de golpe a otra época, Sibila. Este cuerpo que deambula por la calle se ha transfigurado de manera brusca. La gente ya no mira al muchacho bisoño, tonto, que vacila de forma absurda aferrado a sus cuadernos, sino al chiquillo ingenuo, torpe, que en una época lejana usó los charcos para ser feliz, el que dejó correr los barquitos de papel cuando estaba triste y se entregó a la fantasía de que estaban destinados a llegar al fin del mundo. A ese niño antiguo la lluvia lo alegra, lástima que no se pueda decir lo mismo del muchacho pretencioso que camina por la acera. Pero bueno, Sibila, el caso es que el transformador eléctrico de la esquina explota de repente por el desparpajo de un rayo. Una bola de fuego corre fugaz por las líneas del tendido eléctrico, pasa por encima de la cabeza del muchacho tonto, llega a la esquina, y se disuelve en una espiral de chispas. Apoteósico, ¿no?, fantástico, increíble. Y luego de que todo se apaga, te veo en la salida de la calle, aplastada por las gotas, sujeta al reflejo de los faroles que se encienden y se apagan producto del arco que ha producido el rayo. Me pareces el ser más desdichado de la tierra, Sibila; aun así, paso de largo, te ignoro. Es que el niño que se relame en mi interior no ha querido soltar su jueguito a pesar del susto que se ha llevado.

Anochece de manera tan súbita y caprichosa que tengo que correr, pero una cuadra más adelante la lluvia ya no me lo permite. Siento como si caminara en el fondo de una laguna de agua turbia, con el agravante de que el aire caliente que se levanta en remolinos del asfalto me empuja hacia los muros. Han dejado de circular vehículos y cada calle trae su pequeño afluente. Me veo obligado a buscar refugio. Ya no me acuerdo de las maniobras, los forcejeos, los saltos en el vacío que me vi obligado a realizar para llegar a la tiendita de los licuados. Es posible que tuviera que rogar a alguien para que me dejara entrar debido al chorro de agua que resbalaba de mi cabeza. Esa vez tuve que beberme un mejunje de zanahoria y pagar una porción extra para que las meseras no se metieran conmigo. Libros y cuadernos eran una sola pasta pegajosa de papel, estaban inservibles. Tomé una mesa junto a la puerta de entrada y me senté a esperar.

Afuera el espectáculo continuaba, Sibila. La luz eléctrica se había ido en todo el sector y las personas bramaban al introducir sus zapatos en las alcantarillas abiertas. Una seguidilla de rayos mantenía en vilo a las muchachas encargadas de las licuadoras. La ciudad contenía la respiración, Sibila, el cielo hacía llover su fuego divino sobre ella. Estaba secándome la cara con el pañuelo y sonándome la nariz cuando inició el estruendo verdadero. No sé si la onda expansiva alcanzó el interior del local, pero lo cierto es que varias mesas terminaron volcadas y un buen número de vasos hechos trizas. El rayo había caído tan cerca de la tiendita que la calle se llenó al instante de chispas. Entonces volví a verte, Sibila. Sola, con la lluvia que reventaba en tu pelo y aquella energía luminosa que pasaba a través de tu cuerpo transparente. Te vi caer, Sibila, hundirte en la rabiosa corriente, patalear, bracear. Vislumbré tus manotadas entre cada reflejo, los saltos de la crecida al pasar por encima de tu cuerpo pequeño. Alguien instó al niño que gustaba de los charcos para ser feliz a parar de una vez sus tontas distracciones, esta vez se trataba de algo muy serio. El vaso de zanahoria permanecía medio lleno en la mesa, desafiando mi paladar. Me estremecí y pensé: a la mierda con todo esto, a la mierda. Me incorporé para salir, pero el mantel que se había deslizado de su sitio se me enredó en las piernas. Al impulsarme, me llevé de encuentro la mesa y todo su contenido. Más vasos rotos, más estruendo. La encargada de la caja no iba a seguir permitiendo que sus ganancias se convirtieran en polvillo de vidrio, así que me cortó la retirada con su cuerpo de ballena cuando me vio enfilar hacia la puerta. Debía de pagar el importe de los vasos rotos si quería marcharme. Yo no huía, Sibila, sólo quería rescatarte de la corriente y luego regresar a la seguridad de la tiendita. Cómo era posible que nadie se decidiera a salir en tu ayuda, que no se compadecieran de tu pequeñez. Y tu única esperanza estaba entre la pared de cristales, el sebo y los gritos de una mujer histérica. Fueron segundos de muda expectación en los que el cuerpo vacila y se retrotrae, amaga en el vacío. Fíjate en el lío en que me había metido, ahora tendría que iniciar una negociación con la encargada de la caja, esperar a que me facturara el par de vasos rotos y darle una propina generosa que ajustara para lavar el mantel. El amor verdadero y definitivo me esperaba afuera, y esta mujer gorda e insensible sólo pensaba en sus ganancias. Tal vez le arrojé los únicos billetes que me quedaban o me precipité a la puerta llevándomela de encuentro. Sólo recuerdo el chillido de la caja registradora y una voz que me roe el tímpano, lo demás es la lluvia que se desgaja y los miles de truenos.

Doy vueltas en la calle, te busco desesperado. Entiendo que cada segundo es crucial para aquel que está ahogándose. De pronto alcancé a ver tu vestido, Sibila, y un hombro blanco y redondeado que sobresalía por encima de la acera. Corrí, patiné, me caí, todo en el lapso de unas míseras centésimas de segundo, hasta que me encontré atado a tu mano. Fijé tu brazo desfalleciente a mi cadera y te extraje de la corriente poco a poco. Alcé tu torso, las piernas, el cabello mojado que pesaba como plomo. Te cargué en mis brazos por primera vez y busqué cobijo en alguno de los zaguanes de los edificios adyacentes, pero era seguro que ya no había lugar para nadie más. Los espacios diponibles fueron tomados a la fuerza por los transeúntes y los taxistas sorprendidos por la tormenta. Es posible que haya gritado para que me alguien me ayudara. Nadie quería hacerse cargo de un chico loco y de una mujer fatal que balanceaba sus piernas de manera absurda.

Me introduje en la Segunda Avenida con determinación. Una cuadra adelante ya no llovía y los edificios parecían soñolientos. Unos pasos después pude ver la luna, tal como me la imaginaba cuando estaba eufórico o nostálgico. Una luna romboidal y arrugada, tan escurrida como una naranja seca, pero su luz era pletórica y blanca. Con una luna así valía la pena dedicar nuestras energías a una causa noble. Lo comprendí enseguida, y enseguida se me turbó el corazón. Entonces el sentimiento que me había contagiado el libro y que se mantenía en un plano fantástico se manifestó de manera concreta en las glándulas. Se hizo humano, Sibila, o fui yo quien se volvió parte de su naturaleza maravillosa. ¿Quién sabe lo que sucede en la cabeza cuando el alma se descompone? Lo cierto es ya no me importó el cansancio, el dolor, la tristeza, sentí cómo todas las emociones de verdad se diluían en mi interior y daban paso a una enorme alegría, al jolgorio de una vida plena. Yo saltaba en medio de la calle, Sibila, entre los autos, sacaba a la gente de su camino, trompicaba. Ya no pedía a nadie que me auxiliara, sabía lo que debía hacer. Sentí que contaba con fuerzas suficientes para cargarte hasta dónde fuera. Podría llevarte al fin del mundo si fuera posible o si fuera necesario.

Con la claridad lunar logré orientarme, corregí la dirección, y me encaminé hacia mi lúgubre habitáculo. Mis padres alquilaban para mí un miserable cuartucho en un edificio desvencijado de la Sexta Avenida. Fíjate que sólo entonces me di cuenta de que todos los perros de la ciudad se habían puesto a ladrar de una vez, Sibila. Se hizo el estruendo de nuevo. Había una ciudad fantástica que se cruzaba conmigo, que me dejaba pasar en línea recta, las esquinas desaparecieron y los edificios se volvieron líquidos y blanditos. Uno cruzaba sus paredes con facilidad, metía sus extremidades entre los muros de cemento. No había límites, Sibila, todos los objetos se habían reblandecido con la tormenta.

Después ya no sé lo que sucedió, todo se desborda. Estoy dormido y me hallo en miles de lugares a la vez, las imágenes que se cruzan por mi inconsciencia no tienen sentido. Parece como si la historia se hubiera comprimido en una sola noche, como si todo lo anterior ocurriera siempre en el presente. Ya no hay pasado ni futuro, los hechos tienen una duración limitada y no se prolongan más allá del momento en el que los siento deambular por la conciencia. Es un mundo caótico el que percibo, en el que todo se mezcla y se dispersa a la vez. Un mundo raro en el que, de alguna manera, tú y yo encajamos a la perfección, Sibila.

4

Llegó el día siguiente, Sibila. Una mañana tan limpia que era como si la historia humana comenzara de nuevo, sin los torpes errores del pasado, sin la suciedad acumulada por tantos años de quemar petróleo a lo loco. Yo tenía la sensación de haber dado un enorme salto hacia algún lado. Entre la tarde de ayer y este nuevo amanecer no había pasado doce horas, sino miles de años. Por primera vez no me despertó la estridencia de los autobuses o los gritos del vendedor de periódicos. Me despertó el calor de tu cuerpo que bullía entre las mantas. Algún órgano dentro de ese cuerpo emitía un ruido quedo, como si se rasgara por dentro. Tenía unos diez minutos de haberme despertado, pero temía abrir los ojos, no sabía con qué iba a toparme. La tormenta de la noche anterior era algo muy lejano para hacerme una idea de lo sucedido. Estaba seguro de haber traído a una mujer a mi cuarto, pero ya no podía imaginar cuál era su naturaleza verdadera. Me encontraba ante lo desconocido, mientras tu cuerpo producía aquel ruidito.

Habría seguido así, por horas, por siglos, pero de pronto los arañazos del gato me alarmaron. Se había subido a la cama, algo infrecuente en él, y lanzaba zarpazos hacia la cobija. En algún momento me alcanzó una pierna. Quise patearlo, pero él evadió muy bien el golpe. Después me di cuenta de que el objeto de su encono eras tú, Sibila. Algo en tu cuerpo lo molestaba. Quiero dejar algo claro, Sibila, yo no era el dueño de aquel animal enfurruñado; no me gustan los animales, menos los gatos, nunca me han parecido útiles y, además, en el edificio no permitían tener mascotas. Éste se aparecía de vez en cuando por mi cuarto, yo le daba de comer los desperdicios de mis frugales comidas y él me mostraba algún afecto. No comprendía de qué manera podía penetrar en el edificio y cómo se escabullía hasta mi cuarto cerrado, pero muchas veces me lo encontraba allí, esperándome. Pues aquel animal taimado estaba atacándote, Sibila, y lo hacía con mucha determinación. Cuando abrí los ojos, me encontré con su lengua rosada muy cerca de mi cuello y con la amenaza de sus pequeños dientes. Tú te habías atrincherado en la cabecera de la cama y le lanzabas puntapiés. El gato los esquivaba con facilidad y levantaba cada vez una pata delantera para contraatacar. Era una escena patética, nunca un animal se mostró tan obstinado. Con el tiempo vería más escenas de éstas, pero no con el despliegue de violencia de aquella mañana.

Encontré natural sumarme a la batalla, me puse de tu parte y empecé a chicotear al gato con una almohada. Tuve que saltar de la cama y tomar la escoba, con el palo lo golpeé una o dos veces, antes de que decidiera saltar hacia la mesita de noche y huir. Tu pie sangraba, Sibila, se veían las marcas de las garras del animal en la pantorrilla. Tu piel muy blanca hacía juego con el rojo de la sangre. Un pie artificioso, duro, fue el que extraje de la cama, alcé por encima de mi cabeza y me dispuse a curar una vez que estuve seguro de que el gato se había replegado hacia la cocineta. Todavía no podía mirar tu rostro, creo que lo ocultabas adrede, como si tuvieras vergüenza. Entonces te vi desnuda, Sibila, y tu cuerpo expuesto me indujo a recordar. Eran recuerdos cercanos, nuevecitos, de la madrugada, de hace dos o tres horas. La mente los asumía desde un presente bien establecido en el que yo tomaba tu piececito y lo limpiaba con algodón y agua oxigenada. En aquel recuerdo había dos cuerpos enfrentados, dispuestos en la cama para algún combate excepcional. En algún momento iniciaron los movimientos, los tanteos; lo malo era que todo se reducía a un plano concreto, maleable, como si se tratara de un ritual que consistiera en hacer coincidir las cajas destempladas de dos maniquíes de plástico que carecieran de zonas erógenas, que sólo rozan sus entrañas sin producir ninguna pulsión sentimental. Dábamos vueltas, Sibila, eso lo recuerdo bien, yo te montaba o tú me montabas, no tenía importancia el orden. Sentía tus huesos, tus órganos internos, pero no me acaloraba, ni nada en mis células daba visos de despertar de su sopor. Era horrible eso, Sibila, inhumano. Tener a la mujer que uno ha deseado por tanto tiempo en sus brazos y sentir que el cuerpo se ha convertido en una naturaleza muerta, que ya no percibe las sensaciones del otro. Creo que me acalambro en algún momento y me quedo rígido, Sibila, dejo de respirar. Después salto al otro extremo de la cama. Pero luego mi mente comprende poco a poco: cada contorsión que hago me acerca a un entendimiento superior, violentamente lógico. El problema no es el sistema nervioso somático que ha dejado de funcionar en mi interior, sino que nuestros organismos no se reconocen todavía o que, debido al choque emotivo que hemos experimentado al inicio, los cuerpos han rebasado su condición biológica. Nuestros cuerpos han pasado de golpe al plano de lo suprasensible. Es el amor destinado a los dioses el que tratamos de extraer del cuerpo del otro, Sibila, un afecto que sólo existe en las almas trasvasadas, fantásticas. Ya no somos mortales, Sibila, lo entiendo enseguida; por lo tanto, el acto sexual debe llevarse a cabo por encima del influjo de la razón y de los sentidos. Es asunto de entender eso y de emplearse a fondo de manera súbita. Entonces corrijo la posición de mi cuerpo, doblego la resistencia que aún queda en tu columna vertebral y me hundo en tus entrañas, hasta el fondo, más allá. Tú no eres una forma, Sibila, lo sé, no se trata de percutir en tu ingle con ardor. Tú me puedes contener, yo puedo envolverte en mi cáscara humana. Tampoco se trata de principios físicos o de estímulos espirituales, es una combinación de estados suspendidos y alteración psíquica, pero elevados a una potencia inverosímil. Comprender aquella situación me llevó a poner en funcionamiento mi cerebro y el sistema nervioso. Las sensaciones aparecieron en tropel y empezaron a invadir todos los dominios de la carne. Tus contornos me fueron develados entonces, comprendí tus huecos, Sibila, los lugares donde se esconden los mecanismos que exacerbaban tu alma. Fuimos capaces de hacer encajar cada miembro, de encontrar las equivalencias entre las conexiones de las células. El deseo nos sorprendió de lleno y ambos nos lanzamos a conquistar aquel espacio destinado al amor. No puedo describir las maniobras en las que nos vimos inmersos, los lugares de tu cuerpo a los que tuve acceso. Te roía con mis dientes, mordisqueaba tus membranas lubricadas; luego tú vaciabas con la fuerza de tu paladar el contenido de mi escroto. Como todo se realizaba en un plano espiritual, los flujos que resultaban del encontronazo no nos producían asco o náuseas. Después vino la verdadera compenetración. No sólo era yo quien tocaba a las puertas de tu cuerpo maravilloso, miles de seres pugnaban también por entrar. Formas y volúmenes deslizándose por tu vagina, acompañándome en ese viaje fantástico. Se estaba bien allí, Sibila, uno se sentía arropado, calientito, como si la historia y sus caprichos se hubieran estrechado en un espacio primario. Salir y entrar me permitía conocer tus propósitos esenciales, como si al viajar hasta el fondo de tu cuerpo, yo pudiera extraer migajas de un razonamiento sobrenatural. No creo que haya habido comunión entre nosotros sino traslape. Yo ocupé parte de tu alma y mi alma se aferró a tu organismo con sus ventosas. Fueron dos horas, por lo menos, en que nos despojamos de nuestra personalidad. Sí, Sibila, las identidades individuales quedaron anuladas, sujetas a un híbrido de material caliginoso y fluidos fríos que nos hicieron temblar, estremecernos. Porque el amor también está conformado por residuos, por olores muertos, por células en descomposición. El amor es esa sustancia fermentada que el otro puede pescar en el cuerpo que monta, es la suma de sus secreciones. Llegó el instante en que nuestros conductos se llenaron de fluidos, sucedió de manera tan coordinada y precisa que ambos cuerpos pasaron a respingar exasperados. Fue doloroso y terrible. Como si nos hubiera fulminado una descarga eléctrica o nos cayera una montaña encima. Nos costó volver a respirar con propiedad, liberar los tejidos que habían quedados engarzados en las anfractuosidades del otro con tanta tiradera. No fue sencillo separar las caderas, destrabar los miembros; yo había dejado algo dentro de ti, Sibila, tú te llevaste un segmento de mi ser.

Estábamos tan agotados que nos dormimos a continuación, en la inconsciencia el acto debió de continuar por su cuenta. Esos hilos invisibles de ardor que cada uno lleva consigo debieron de haber seguido estirándose en el sueño. Puedo entrever algunos momentos, rescatarlos de aquel maremágnum de imágenes en que naufragó mi memoria, Sibila, pero nada se compara con lo que hicimos en la duermevela, nada humano se parece al afecto que desarrollé mientras volvimos a enzarzarnos. Anhelo volver a ese momento primario, pero se me ha perdido, nada queda de él. No lo entendiste nunca, Sibila, porque no tienes corazón. Lo cierto es que después de tres horas de sueño reparador empieza a amanecer: despierto y escucho el ronroneo del gato. Me incorporo y veo que te ataca con determinación. Tengo que saltar de la cama y buscar el palo de la escoba para separarlo de tu pierna. Lo echo de la cama y sólo entonces me fijo en tu cuerpo desnudo y expuesto. Comienzo a recordar los acontecimientos de la madrugada, Sibila, y participo de nuevo en su realización, me empleo a fondo, encajan nuestros organismos, los destinos se conectan, producimos chispas que encienden el mundo, luego nos dormirnos y... Entonces comprendí que me había precipitado en un universo de repeticiones... Debía refrenar la corriente de sensaciones y pensamientos, Sibila, amansarlos, obligar a la mente a detenerse de una buena vez, es la única manera de extraer el cerebro de ese círculo vicioso en que se sumerge cada vez que rememora aquel tiempo.

5

A partir de aquella mañana la realidad se me aparece como duplicada, Sibila. Sé que tuviste mucho que ver en eso, era tu propósito, tu meta. Mi vida partida en dos segmentos diferentes que ya no irían a reconciliarse por nada. Veía, frente a mí, un par de pantallas inundadas de hechos, una tan distinta de la otra, pero en cada una yo era el que oficiaba, y los sucesos se enfrentaban en el interior, aunque siempre prosiguieran por rumbos diferentes. Así que en un recuadro de la existencia yo estaba junto a tí curando tu piecito lastimado por el gato y, en el otro, salía disparado a tomar el autobús de la mañana. En uno me importaban poco las clases de la universidad, pero en el otro trataba de no saltármelas por nada del mundo. Todos esos movimientos estaban en mi cabeza, se sostenían en la sección trastornada de mi cerebro; sin embargo, había una sola conciencia para digerir su contenido completo. De modo que ya no se trataba de aquel tonto jueguito de antes, cuando yo empujaba los hechos en alguna dirección y me divertía cambiando los resultados; no, ahora estos adquirían su propio desplazamiento, su forma, y a mí sólo me quedaba tomar una determinación con respecto a su carrerita fantástica. Me encontré de pronto atrapado entre dos dimensiones del mundo, desiguales e inverosímiles. Como no tenía predilección por ninguna en particular, la mayoría de veces decidía no hacer nada, permanecía como un simple espectador de la realidad. Sin embargo, los hechos seguían su rumbo, conformaban destinos concretos y los redirigirían hacia una meta inexorable y, casi enseguida, algo los forzaba a esfumarse en la nada; luego se aparecían otros y continuaban dibujando nuevos ciclos con idénticos resultados. Esa manera de profundizar en los acontecimientos me ayudó a entender que el mundo es una cosa pasmosa y compleja y que nada de lo que vemos es real, Sibila; todo lo percibimos alterado y trunco, distorsionado, ningún suceso rebasa más allá del segundo en que lo sentimos formarse. Por eso elaboramos teorías atroces acerca de las cosas, por eso no reconocemos la mayoría de los sucesos que nos rodean. Pero la verdad es que me fascinó ese nuevo estado de mi conciencia, Sibila, aunque los primeros días me causara algo de zozobra y preocupación. Después me acostumbré y extraje algún provecho. Yo, un simple mortal, podía acceder a la raíz de los acontecimientos y ser capaz de utilizarlos a mi antojo. Gracias a esa percepción inusitada me enteré de muchas situaciones que habían permanecido ocultas a mis ojos, enterradas bajo un manto de apariencias y costumbres. Por ejemplo, que la encargada de administrar el edificio donde yo vivía estaba enamorada de mí, que el cielo de San Pedro Sula nunca era azul, que los edificios exudan un fluido rancio y los árboles se adormecen por las tardes.

La mujer que administraba el edificio era muy vieja para mí, Sibila. Rondaba los cuarenta años, tal vez, tenía mucha experiencia en relaciones extramatrimoniales que sabía ocultar bajo una máscara de seriedad. Pero como ahora yo podía leer más allá de los gestos, sus sentimientos se transparentaron para mí. Lueguito percibí también su aprehensión dirigida hacia tu persona, Sibila. Se había dado cuenta de que yo te escondía en mi cuarto. Logró averiguarlo apenas el día empezó su marcha, le bastó meter un poco la cabeza entre los visillos o hacerme una pregunta sin importancia desde el otro lado de la puerta. Entonces los instantes se separaron de manera definitiva, y la rivalidad entre las dos mujeres quedó sellada. Entiendo que a ti, Sibila, nunca te importó nada de su actitud, comprendías claramente que, en la sección emotiva de mi corazón, ya habías alcanzado la supremacía. Ningún mortal iría a disputarte nada, lo entendías bien, así que te vi hacer mutis en cuanto aquella mujer se separó de la puerta y tosió. Unos minutos después dormías de manera apacible. Volviste al sueño de los dioses, Sibila, me mostraste el desdén de los inmortales. Me quedé vacilando entre esas dos probabilidades que se abrían ante mi futuro. No sé cuánto tiempo pasó antes de decidirme, no soy bueno para llevar el conteo de nada, pero es seguro que yo también me escindí. La parte de mi cuerpo que te adoraba se echó a tus pies como un perro, pero la otra, aquella que se esforzaba todavía por continuar con su vida triste, marchó con brusquedad hacia la puerta.

Más tarde bajé corriendo las escaleras del edificio, sonreí con picardía a la administradora del edificio y salté a la calle. Crucé media ciudad a pie. Cuando ya no aguanté más el ardor del sol, decidí abordar un autobús. Trapaleé dentro de él para sacudirme los alaridos que provenían de la música de los parlantes y luego bajé frente al viejo edificio de la universidad. Me dirigí hacia la biblioteca con decisión. Hurgué entre las ficheros unos veinte minutos, los más ingratos de mi vida, aun así, apenas pude anotar unos tres títulos valiosos. Lástima que cuando fui a solicitarlos al mostrador me dijeran que ya no los tenían, alguien los había robado, no habría manera de saber nada más acerca de tu historia antigua, Sibilia; tus aventuras épicas estaban vedadas para siempre.

Con el tiempo he ido creyendo que fuiste tú misma quien destruyó los libros, algo había en ellos que te lastimaba o avergonzaba. Para mí estuvo claro entonces, no debía seguir averiguando nada, tenía que someterme a los designios de los dioses que te habían enviado. Me despedí muy irritado de la señora que atendía la biblioteca, sobre todo cuando me sugirió otros títulos que no me interesaban.

Ese día terminó con otra tormenta, Sibila, no tan copiosa ni fantástica como la del día de anterior; las gotas caían tibias y firmes, y cuando resbalaban por la espalda dejaban una sutil sensación de bienestar.

6

Acostumbrarse a una mujer de tu condición puede desquiciar al más sensato, Sibila. Sobre todo, cuando se es un aldeano ingenuo que lee libros y lo afectan fácilmente las fases de la luna. Para lograrlo, fue preciso sentenciar la existencia, ponerle límites. Debía procurarme un nuevo comienzo, otras circunstancias, un derrotero diferente al habitual. Era necesario despojarse de la envoltura moral que nos echaron encima durante la infancia, arrancarse la costra de la rectitud que la madurez acumula después de tanto sermón de maestros y jefes. Me obligaste a desechar mis viejas costumbres, Sibila, a renegar de mis convicciones; la universidad fue la primera batalla perdida. Nada de libros y cuadernos, de allí en adelante, nada de turbias teorías marxistas que no conducen a ningún sitio; fuera las parentelas y los convencionalismos sociales, a la mierda todo sentido de responsabilidad. La existencia no debía guiarse por un reloj, el día y la noche no representaban nada, el trabajo es un estorbo. No hay reglas en tu mundo, Sibila, y me impusiste esa receta: solamente las que dictaba el corazón o la locura. Los límites estaban dentro de la conciencia y se podía prescindir arbitrariamente de ellos. Fueron unos meses locos, de grandes alegrías, de amor y terror en partes iguales; los mejores de mi vida, eso sí. Mi existencia se trastocó de manera desmedida. Yo mismo me desconocí.

Y todo porque una noche de tormenta mis anhelos se materializaron en medio de la vorágine de los elementos. Pero lo verdadero de esta historia comenzó aquella mañana en que limpiaba tu piececito herido y pensaba en las incongruencias de la existencia, en los destinos que hay que mandar a la mierda para paliar algo del dolor que nos aturde. Tal vez desde antes yo me había hecho la idea de que tenía que cambiar algo en mi rutina, pero luego había olvidado ese propósito. Después supe que todas esas ideas permanecían atadas adentro de mi cerebro, colgadas en los lóbulos, y que tu llegada sólo las liberó, Sibila. Un pensamiento se vuelve incisivo en el recuerdo de aquellos días, se impone sobre el conjunto. Recuerda que yo tenía ante mí dos paisajes distintos, pero algunas situaciones específicas no pasaban inadvertidas para mi memoria. Recuerdo que reñimos mucho desde el principio por una bagatela, ¿te acuerdas? Todo debido a que pretendías andar desnuda por el edificio, causando revuelo entre sus habitantes. Tuve que cortar de raíz esa tonta manía tuya: aquello no entraba en las concesiones que podría permitirte; te lo advertí de muchas maneras. Yo no estaba hecho para situaciones tan incómodas. Te restregué los restos de mi moralina en la cara, traté de hacerte caer en razón. Ya de por sí, se murmuraba mucho en el vecindario, la administradora había corrido la voz, los cotilleos estaban a la orden de día. Ninguno de los inquilinos con la cabeza bien atornillada en sus hombros iba a creerse el cuento de que habías aparecido así, de la nada. Se habían fijado en tu rostro extraño, en lo exótico de tu cuerpo, no concebían en sus pobres cabecitas que siendo tan linda pudieras ser la amante de un muchacho torpe, feo y, además, triste. También tu proceder no se adaptaba del todo a nuestras costumbres de provincia. Te encontraban fuera de lugar, ya se ve que tu fisonomía, Sibila, no concordaba con el genotipo del país. Eras muy pálida para el sol de estos trópicos, demasiado rubia y estilizada. Tu belleza no se equiparaba a la media local, te consideraban artificial, como sacada de un cuento fantástico japonés. Les extrañaba, quizá, tu silencio, Sibila, o esa forma grotesca de reír cuando uno menos se lo espera. Tu manera insólita de desplazarte, como si levitaras, como un felino al acecho en medio del bosque. A veces te daba por gritar a medianoche o revolverte en la cama con mucho escándalo. También solías ponerte a cantar, cuando no era el momento, unas melodías descorazonadoras…

Los vecinos estaban alarmados con tu presencia, Sibila, se notaba, y creo que se quejaron ante la administradora del edificio. Ella, que ya sabía de qué iba la cosa, aprovechó la circunstancia y avisó a mis padres. Ellos eran los que pagaban el alquiler y la comida, tenían derecho a saber en qué putas andaba su hijo. Una noche me llamaron por teléfono. Las llamadas se hacían a una especie de oficina que había en la primera planta. Bajé muy abatido, no sabía qué iría a responderles. Mi padre era muy cauto, benevolente, confiaba en mí, pero si había decidido hablarme a aquella hora de la noche era porque estaba preocupado o fuera de su temperamento habitual. Diré de mis padres que no son parte del enjambre de locos que pueblan los barrios de San Pedro Sula, no viven en la ciudad. Son originarios de un pueblito de indios, un sitio enclavado a unos cuantos kilómetros de La Esperanza, en Intibucá. Se dedican a la siembra de café, tienen sus milpas y sus animalillos y prosperan a cuentagotas según estén buenos o malos los precios; en aquel tiempo les costaba muchos sacrificios pagar mis estudios universitarios. En mi familia somos sólo tres hermanos, algo inaudito en una comunidad agraria en que tener muchos hijos se considera una bendición. Mi hermano mayor y mi hermana vivían con ellos en la época a la que me refiero y era seguro que pasaban reprochándoles no contar con los mismos privilegios que yo. No era posible que únicamente fuera yo quien tuviera la oportunidad de estudiar en la universidad. Todavía recuerdo la decepción que se llevaron mis padres el día que les comuniqué mi decisión de estudiar literatura; esperaban algo más valioso, concreto, que les ayudara con sus pequeños negocios. Al final, después de muchas discusiones y rabietas, se habían conformado, pero guardaban recelo con respecto a lo que haría con mi vida. Saber que tenía una mujer en mi cuarto debió de causarles mucho descontento. Mi padre estaba al teléfono y no me preguntó cómo me encontraba. Mal indicio. Hablaba muy fuerte, pero su respiración parecía cansada, con resignación. Tal vez había esperado demasiado en la línea o de verdad no podía contener su furor. Pasó de inmediato a interrogarme, Sibila. Pedía saber quién en realidad eras tú y por qué yo te había llevado a mi cuarto; exigía ver mis calificaciones y los saldos de mi cuenta de ahorro. Como no le contesté enseguida, amenazó con hacer el viaje hasta San Pedro y encararse contigo.

Hablé hasta que él logró regularizar su respiración. Traté de parecer natural, busqué decirle la verdad, que sintiera a través de la voz que yo ya no les pertenecía. Impuse una distancia. Fueron unos minutos caóticos; la conversación era una mezcla de ruidos desesperados; en un momento creí que había otras voces en el teléfono. No me di cuenta cuando cambió la voz en mi oído: mi madre había tomado el tubo. Hablaba de ti, Sibila, imagínate, decía que eras una cualquiera, te juzgaba sin haberte conocido. Eso sí no lo podía permitir, la rabia se mezcló con el sudor que me producía aquel cuartito tan estrecho. Toda mi naturalidad cedió y me encontré insultando a mi progenitora. Lo bueno fue que aquello no me produjo, después, ningún sentimiento de culpa. Es más, estaba tan tranquilo cuando me deshice de la llamada que casi me eché a reír. Digo que me deshice porque eso fue lo que sucedió, mi madre iba a seguir insultándote y yo la atajé de inmediato, le hice ver que cortaría la llamada si continuaba refiriéndose a ti de manera tan grosera. Como no se calló, la corté. Regresé contigo, Sibila. Entonces me convencí de que debía ponerte a salvo de todos.

                                7

Mis padres dejaron de enviar dinero a la siguiente
semana; era lo justo, Sibila; pero para entonces eso ya no
nos preocupaba. Habíamos aprendido a vivir de los
recursos ajenos. Fue cuestión de poco tiempo para darnos
cuenta de que era factible. En una ciudad tramposa como
San Pedro Sula se puede vivir holgadamente si se cuenta
con un poco de ingenio y una conciencia despreocupada.
   Sibila, tú me enseñaste a poner freno a mis prejuicios, a
maniatar mi alma. Tú me hiciste ver que en el mundo
sobran muchas cosas. Había que tomarlas para comer o
comprar lo indispensable. Mi capacidad de conseguir que
los hechos fueran por un rumbo incierto y tu habilidad para
fingir eran perfectos para dedicarnos al robo. Además, ya
dije, tu carita hipnotizaba hasta al más listo. Todos los días
íbamos a las tiendas del Centro y sustraíamos algo.
   Desarrollamos un modo infalible y no me avergüenza
decirlo. Escogíamos el lugar adecuado y luego yo me
adelantaba, Sibila, ¿te acuerdas? Después entrabas tú, como
quien no quiere la cosa, y te ibas a hablar con los
dependientes. Al guardia de seguridad había que abordarlo

hasta el final, cuando ya los objetos de valor estaban en nuestro poder. Parece mentira, pero eran los más fáciles de engañar, siempre estaban ocupados con sus chicles, y el cuerpo les pesaba demasiado para reaccionar a tiempo. Así que nuestros verdaderos oponentes eran los tipos que se escondían detrás de los mostradores o los que tecleaban en las cajas registradoras. No sé si era tu falta de sostén lo que terminaba confundiéndolos; aunque cuando eran mujeres las encargadas del lugar, la situación no cambiaba mucho. La verdad es que siempre conseguíamos algo: celulares que cambiábamos por comida en las calles adyacentes a MAHECO; prendas de vestir que rematábamos en el parque central al mejor postor; abalorios, cadenas de oro, que terminaban en las casas de empeño de la Siete Calle; fajas, billeteras, perfumes...

Todavía no comprendo cómo hacías para ocultar aquellas cosas entre tus frágiles vestiduras y salir tan campante de las tiendas, Sibila. Incluso, muchas veces vi que no las ocultabas, que se las restregabas en la cara al guardia de seguridad o al dependiente que se desentendía del asunto y se ponía a echarte piropos. Tampoco los dispositivos instalados en las puertas sonaban, Sibila; tú pasabas en medio de ellos y continuaban mudos como si algo de tu monstruosa presencia los intimidara. Yo colaboraba contigo, pero de una manera indirecta, a veces sólo te señalaba lo que me parecía más valioso, evitaba así que te confundieras, que el brillo de las cosas echara a perder una oportunidad única. Casi siempre estaba muriéndome de miedo, con un temblor en los huesos. Creo que fue esa actitud irregular y sospechosa la que nos obligó en algún momento de aquellos meses a cambiar de estrategia; aunque eso sucedió ya casi al final, cuando la inminencia del huracán hizo que los dueños de las tiendas se tornaran desconfiados y duplicaran la vigilancia.

Me iniciaste también en el mundo de la droga, Sibila. Me hiciste ver la ventaja de pasar en las nubes todo el día. Para que el mundo cambiara era necesario modificar el entorno que lo sustentaba, y eso sólo se conseguía bloqueando las neuronas del cerebro, las que, al fin y al cabo, son las nos empujan hacia la objetividad. Si se conocían las señales adecuadas, era sencillo conseguir *cannabis* en las calles cercanas a la vieja estación del tren, entre callejones ocultos por talleres de reparación de autos y puntos de taxis anónimos. Para eso no me necesitabas, Sibila. Ibas en pos de la hierba tú sola y yo sólo te servía para preparar los carrucos. Pasábamos tan colocados que a veces no sabíamos distinguir entre el día y la noche. El paisaje semejaba una banda transportadora en la que las cosas se movían de manera aleatoria; un mundo disperso, móvil, era el que alcanzaban a percibir mis sentidos cuando iba a asomarme a la ventana. El cuartucho se llenaba de tanto humo que rebasaba las paredes y molestaba a los vecinos de los cuartos adyacentes. La suerte era que se trataba de muchachos de mi edad, estudiantes disparatados y ansiosos que disfrutaban de buena gana de nuestro producto sobrante. Pero había dos o tres individuos que siempre estaban quejándose, llamaban a la administradora del edificio y la ametrallaban con sus lamentaciones. Ella tocaba a nuestra puerta, nos miraba soñolienta y soltaba sus recriminaciones a destajo, pero era tan estúpida que no sabía distinguir entre el olor de la marihuana y el de un cigarrillo corriente. Le decíamos que fumábamos cigarrillos ordinarios y con eso se quedaba tranquila, aunque en el fondo yo sabía que sufría al mirarnos juntos y felices. Tal vez, como no quería darse color, se marchaba a toda prisa y lloraba luego en el pasillo.

La mariguana me ayudaba con esa percepción que señalé al principio, la que había desarrollado entre tanta lectura. El tiempo que corría en distintas direcciones, la realidad que se segmentaba en porciones bien diferenciadas, y la conciencia averiada por una angustia sutil que no se decidía a seguir un rumbo preciso. Mientras estábamos así, me gustaba recrear historias, Sibila, siempre que estuvieran relacionadas con lo que ocurría afuera. Esas recreaciones tontas nos ayudaban a pasar el día, evitaban que lo consideráramos todo tan aburrido y soso, hacían del encierro una distracción llevadera. No siempre las historias terminaban como a mí me gustaba, Sibila, debo aceptarlo, pero me servían para entender que no violaba las reglas de la existencia, que había esperanzas de volver a ella en algún futuro lejano. Convertir mis ideas en narraciones fatuas, en relatos fantásticos, me ayudó, creo, a no rendirme a la demencia de forma prematura.

Pronto vimos que íbamos por un rumbo contrario al del resto del mundo, Sibila, que la realidad se alejaba de nosotros rápidamente. Pero no esa realidad de allá afuera, con su endiablado sol de fuego y la miseria de ciudad, no. Había una realidad extraordinaria que emanaba de adentro de nuestros cerebros apretujados por la marihuana, que pujaba entre las entrañas blandas y se esmeraba por dejar los cascarones en ruinas que constituían nuestros organismos. Nosotros la habíamos creado en el interior de las conciencias la noche lluviosa en que reconocimos nuestra naturaleza, Sibila, y tratábamos de que protegiera el afecto que nos profesábamos o que garantizara su crecimiento. Yo te amaba desde la literatura, desde los libros, y luego ese sentimiento se asentó en mi cerebro con la convivencia. El cuerpo fue traspasado en muy poco tiempo, de forma que ya no me importaba nada que estuviera afuera de tu poderosa influencia, ni siquiera mi familia, con la que había roto relaciones de manera definitiva. Pero luego supe que participar en tus fechorías me alejaba de aquel sentimiento fantástico, como si alguna glándula tuya, desgajada del fondo del corazón, hubiera saltado hacia mi cuerpo y contuviera mis decisiones. Sentía como si, desde esa glándula invasora, se enviaran señales equivocadas a mi memoria. La docena de porros que nos fumábamos a la semana sintonizaban los cuerpos, encendían los estímulos que mantenían las células en acción, pero desconectaban los pequeños vínculos en que se cimentaban los valores más primitivos de la existencia. Seguir en aquel camino ayudaba a los cuerpos a predisponer su destrucción; o yo te lapidaba, Sibila, o tú terminarías cortándome la garganta.

Es que el amor entre nosotros se sostenía a través de estímulos graduales que terminaban atrapados en su propia aceleración, Sibila. Tal vez todo se debía a que ambos contábamos con espíritus propensos a la tristeza, a la irritabilidad o a la furia. Quizá por eso habíamos coincidido después de siglos de historia. En las personas normales, el amor produce sustancias que los impulsan a buscar la comunión, el bienestar mutuo; era seguro que, entre nosotros, Sibila, eso no ocurría. El sentimiento producía estados de felicidad, de empatía, pero de manera inorgánica, obtusa. Pienso ahora que tanto deseo en estado germinal, tanta desesperación, pudo desencadenar una afección, algo anómalo y primitivo, que nos obligó, en muy poco tiempo, a lanzar nuestra conducta hacia lo irracional. Como si el amor estuviera hecho de un ochenta por ciento de odio.

Es difícil domar un sentimiento así, que sólo lo es desde una condición abrumadora. Pero creo que nos fuimos acostumbrando a él, Sibila. Por lo menos a mí me agradaba cargar con esa cosa extraña, dulce y agria, atormentada y pasiva, voluptuosa, que me lanceaba los intestinos con su ardoroso impulso. La convivencia no era definitiva, tal vez estaba limitada a la cama, pero lo bueno es que ajustaba para pasar bien el día. Aquellos elementos anímicos que iban disgregándose a medida que las horas transcurrían, alcanzaban su máxima convergencia por la noche, se estrechaban violentamente con el sexo.

La droga, o qué sé yo, hacía que sostuviéramos jornadas extenuantes. La cama, que era de madera, fue el primer objeto en sucumbir a nuestros desmanes. No era un acto humano, eso lo tengo claro, nos transformábamos en algo monstruoso a medida nos empleábamos a fondo. Tal vez nos sentíamos tan solos en este mundo que necesitábamos del cuerpo del otro para percibir la realidad. Aquella que se escapaba en oleadas sucesivas de nuestras conciencias, que dejaba los puros ligamentos pelados, que hacía de la relación sexual un pequeño manicomio. En eso se convertía el sentimiento, Sibila, hacia allí corría, había que atajarlo a toda costa; pero necesitábamos una fuerza desmedida para frenarlo. El huracán fue esa fuerza, Sibila. Tú lo provocaste, creo yo, y lo usaste como pretexto para escapar de mis brazos, que deseaban abarcarte con una furia creciente y arrolladora; querías demostrarme que los dioses nunca sucumben a los afectos, que sus ritos, sus burlas, no pueden ser comprendidos por los hombres.

8

También es cierto, Sibila, que de vez en cuando yo podía participar de esa función absurda que se desarrollaba afuera, en la zona de influencia del edificio donde estaba mi cuarto. Me involucraba de algún modo en los asuntos de la ciudad perezosa; mi naturaleza desconfiada, ríspida, me empujaba a mirar, a tratar de comprender esa realidad que seguía un rumbo distinto al de nuestras vidas. Yo, que era un muchacho corriente y triste, estaba obligado a erigirme de portavoz de aquella vorágine de información que sobrevolaba nuestro bullicioso barrio. Es una estupidez aceptarlo, pero al respirar el aire viciado de la ciudad admitía mi complicidad en su infortunio; por lo tanto, no podía permanecer indiferente, desconectado de sus sucesos principales, sobre todo, porque la administradora del edificio había apartado una ración de su amor para mí y eso involucraba a otros seres de la periferia. Amarme impulsaba a aquella pobre mujer a tirar valientemente de mi conciencia. Ya dije que todo estaba fragmentado en mis sentidos, pero la administradora del edificio era la única capaz de juntar los pedacitos sueltos de

45

mi existencia y ofrecérmelos como un regalo. Pienso que trataba de sustraerme a tu influencia, Sibila, que deseaba salvarme de algo peligroso que sólo ella veía. De alguna manera aquella mujer se convirtió en el vínculo con esa sección del mundo que se desarrollaba más allá de los límites del cuarto. Por ella me enteré que luego de tu aparición habían empezado a suceder cosas extrañas en la ciudad. Aunque tal vez sólo parecían extrañas a su mentalidad ingenua y despechada, porque eran hechos comunes que podrían suceder en cualquier lugar del mundo.

El primer suceso del que tuve noticias sucedió a mediados de agosto. Una noche calurosa tomó fuego la discoteca más popular que había en la Zona Viva. Un antro de lo más ordinario que se quemó desde sus cimientos. Los bomberos no pudieron hacer nada más que llegar a entibiar los restos. Lo inaudito comenzó cuando un parroquiano borracho contó lo que le había sucedido antes del incendio. La estridencia de la música y los empujones de la concurrencia lo habían derribado en lo mejor del baile, refirió al reportero que lo entrevistó y, lo peor, a mitad de la pista, donde el pataleo era exacerbado. Había tratado de incorporarse, pero los pisotones y las coses no se lo permitían. Anduvo unos minutos a gatas, buscando un espacio despejado, hasta que se topó con aquellas extremidades inusuales y fantásticas. Vio que humeaban, que parecían encandiladas por un reflejo satánico. No eran humanas, eso lo tuvo seguro, semejaban las pezuñas de un macho cabrío. Le entró pánico enseguida y quiso huir de ellas, pero entonces, sin que se diera cuenta, las extremidades saltaron y se posaron sobre su pecho, le aplastaban el corazón. Se revolvió, gritó, solicitó ayuda, pero nadie pareció escucharle. Cuando iba a desmayarse, siguió relatando al periodista que ya se había interesado, apareció el calor y las llamas en las paredes. Se formó el infierno. No hubo personas muertas de puro milagro, aseguró, aunque sí heridas y chamuscadas. El relato de aquel borracho se expandió como pólvora, Sibila, los diarios y los noticiarios del día siguiente hicieron eco de sus palabras, inflaron su significado. Durante las semanas posteriores las fiestas se pararon por completo en la ciudad, hasta que los mismos diarios se retractaron y anunciaron la inauguración de una nueva pista de baile, en un sitio estratégico, muy alejado de aquel que se había convertido en carbón. El tiempo de duelo había terminado rápido, Sibila y el jolgorio regresó para quedarse.

Recuerdo también el caso de los niños desaparecidos. Media docena de chicos se esfumaron durante aquellos meses de las mismas narices de sus progenitores. De la mayoría nunca se supo nada, dos o tres fueron encontrados enterrados en la falda de la cordillera El Merendón, entre las balizas que señalan los límites de la cota 200. La autopsia reveló, Sibila, que los habían asesinado de una manera ritual, que fueron parte de una forma de sacrificio. La verdad es que se levantó mucho revuelo, los periódicos culparon a las pandillas o a la infinidad de espiritistas que por entonces proliferaban en la ciudad. Como la Policía no descubrió nada con sus investigaciones, la gente común hizo sus conjeturas. Se escuchaban muchas sandeces en los programas de radio y el terror se expandió de nuevo, recrudecido. La alarma cedió hasta principios de septiembre cuando fue capturado un individuo con todas las características de un pedófilo. Tenía a un chico sedado en su cuarto y muchas fotografías de niños desnudos en la computadora. Hubo intento de quemar la posta donde lo tuvieron detenido, la gente quería venganza. Después no se supo de su paradero, aparentemente fue llevado a otra ciudad para evitar represalias.

Aunque no fueron del dominio de los medios, yo conocí otros sucesos extraños que ocurrieron durante aquel tiempo y que la gente repetía en las tertulias de los cafés o en los restaurantes cercanos al parque. Por ejemplo, que se estaban robando los cadáveres de los cementerios, sin que se supiera el propósito. Había casos documentados que ocurrieron en el cementerio La Puerta y algunos en el Cementerio General. También se desató una ola de avistamientos de fantasmas. Fantasmas portentosos o desvaídos, seres descarnados parecían recorrer la ciudad de extremo a extremo, muchos trasnochadores aseguraban haberlos visto arrastrando sus andrajos por toda la primera calle o gimoteando a las puertas de la catedral. Lo cierto es que lo sobrenatural se puso de moda en aquel año y es inútil intentar desconocer su influencia en los acontecimientos posteriores. Yo no sé, Sibila, si tuvieron que ver contigo o con la llegada del huracán, pero quiero dejar constancia de ello para que todos comprendan que me apego a los hechos.

9

Pero pasemos a lo verdaderamente importante: el huracán. Recuerdo que hasta antes del quince de septiembre el calor no cedió ni un ápice, Sibila. ¿Recuerdas cómo nos asábamos debido a la estrechés del cuarto y a la deshidratación producida por la droga? No fue un calor normal, seguro, picaba en la cabeza, y uno sentía que lo cargaba adentro, en el abdomen. La ciudad se había comprimido de manera notable, según mis sentidos, y amanecía todos los días encerrada en un globo de aire caliente que estallaba en ciertos sitios a partir de las dos de la tarde. La onda expansiva alcanzaba los pisos altos del edificio donde estaba mi cuarto. El aire entraba a presión por el ventanuco que daba a la calle y nos obligaba a abandonar el rincón. El alboroto de aquel ventarrón caliente movía la ropa puesta a secar en los alambres de la salita, y nosotros, que seguíamos bajo el efecto de la marihuana, confundíamos el ligero vaivén de las colgaduras con el contorneo de criaturas imaginarias que entraban al cuarto a descuartizarnos. Sólo yo entraba en pánico, Sibila, porque es seguro que tú veías más allá de los pantalones que se balanceaban. Siempre viste más allá de todo. El calor y la vibración de los objetos dentro del cuarto nos lanzaba afuera enseguida. Bajábamos a saltos las escaleras, aspirando a bocanadas. La calle era menos calurosa y el aire suelto se enredaba en los neumáticos de los vehículos, giraba con las ruedas, lo que, de alguna manera, parecía entibiarlo un poco. Paseábamos al garete, en algún momento nos tomábamos de la mano. Pretendíamos parecer una pareja normal, un par de jóvenes enamorados que desafían el calor picante de la tarde; aunque en el fondo no fuéramos nada, Sibila, apenas dos figuras anónimas que el sol aplastaba contra el asfalto.

Las fechas no nos interesan ahora, es cierto, pero mi memoria insiste en traérmelas de vuelta, Sibila. ¿Recuerdas? El calor disminuyó el día veintiocho de septiembre, de golpe, como si el sol se hubiera cansado de alumbrarnos de manera tan pavorosa. Celebraban algo en la ciudad, las autoridades de la comuna habían instalado un estrado en una esquina de la Quinta Avenida. Había gente dando vueltas alrededor cuando pasamos y alguien que probaba el sonido de un micrófono. Evadimos el tumulto y tomamos rumbo al Este, en línea recta. Media hora después ya estábamos afuera de la ciudad o en los linderos. Se construía un puente de hormigón en el bulevar que seguíamos, vigas de gran tamaño se elevaban, como dedos que señalaran las alturas. Creo que fue la primera señal. El cielo permanecía encapotado, sucio. Nos metimos por una calle lateral, de esas a las que les hace falta un número y muestran el cemento resquebrajado como si se tratara de piel en tiras; encontramos varios pájaros carroñeros alrededor del cadáver de un animal dándose un festín. Siguiente Señal, Sibila. Tú ibas adelante y creo que tratabas de mostrarme algo. Siempre trataste de convencerme acerca del misterio del mundo, pero yo cerraba los ojos. La algarabía del amor, la suerte de haberme topado contigo, me cegaron, Sibila, lo juro. Por eso nadie debería tenerme compasión, es mía la culpa de la llegada del huracán. Aquella manera de ir sin rumbo, de cambiar de sentido a cada tanto, era tu forma de prepararme para el porvenir, pero yo sólo me fijaba en tu cara de muñeca, en el cuerpo inmaterial que levitaba. No sabía que me encontraba en el futuro y que ese es un privilegio que sólo puede recaer en los elegidos.

No sé en qué momento llegamos a aquel lugar desconocido, en el extremo del barrio Cabañas: una casa de tablas sin cepillar, estrecha y maloliente. Colguijes de tela negros anudados en todos los rincones. Variedad de santos piadosos y sus veladoras cohibidas. Estampas de diablos con sus férreas amenazas. Flores extrañas y hierbas de todo tipo en el patio, hamacas de hilos entre los árboles de mango. Moscas y soledad, mucho follaje alto. Esperamos en el sendero de la entrada hasta que alguien habló y nos conminó a pasar. No había un cuerpo ni un lugar para aquella voz que rebotaba en la madera y salía de todas partes. Dijo que si veníamos por el aguardiente debíamos esperar un poco, estaba preparándolo, pero que, si estábamos interesados en sus servicios de consejero espiritual, pronto se encargaría de nosotros. Tú te alegraste, Sibila, en verdad habías estado empeñada en conducirme hasta allí. Nos acercamos a la puerta, metimos las cabezas y luego tanteamos hasta encontrar unas sillas. La cocina por donde entramos estaba muy oscura y olía a aceite recalentado. Había un caldero hirviendo en la estufa y más allá, un cabro degollado en el suelo. No sé si recuerdas el respingón que di al toparme con aquel animal sacrificado, cómo me aferré a tu vestido con ambas manos. A ti parecía divertirte todo eso. Me pediste que me calmara, no era nada. Yo trataba de quitar los ojos del animal ensangrentado, pero no podía, su mirada de muerto triste me atraía con fuerza. Cuando logré adaptar mis ojos a la tiniebla de la casa me di cuenta de que había un par de cuchillos dispuestos encima del cuerpo, además de que habían arrojado sobre él agua hirviendo. Iba a salir de allí a toda prisa cuando sonó de nuevo la voz. Adelante, gritó, los estaba esperando para comenzar la curación. Ahora deben proceder a despellejarlo, con cuidado, para eso están dispuestos los cuchillos. Les advierto que deberán hacerlo en contra de la disposición natural del pelambre. La voz parecía proceder de la casa y era tan imperativa que me produjo más miedo.

Tú me pediste que fuera yo primero, Sibila, señalaste uno de los cuchillos. Si no lo hacen como es debido, la persona del tratamiento no va a curarse, continuó la voz. En sus manos está su salud, procedan bien. Como yo no me decidía, tú te acurrucaste junto al animal y comenzaste a pelar. Los cuchillos tenían bastante filo, pero había mucha dificultad en arrasar la carne de aquella manera, así que pronto vi como el sudor resbalaba de tu frente. Estabas acalorada, Sibila, y las manos se te habían enrojecido. Recuerdo que de repente surgió una muchacha del fondo de la estancia y nos ofreció una bebida; yo te había sustituido en el suelo y también chorreaba mucho. Se trataba de un licor tan fuerte que todas las células de mi cuerpo se incendiaron, era como si me hubiera tragado una llamarada. Pero al final, el licor tenía un sabor empalagoso. Algo en la lengua te pedía más. Seguimos bebiendo y tirando de los cuchillos, nos alternábamos para evitar estorbarnos. En un momento dado, la muchacha trajo más agua caliente en un cazo y la vació sobre el animal. Luego todo fue más blandito, aunque yo ya no sabía lo que estaba haciendo. Lanzaba el cuchillo a destajo, me paraba y volvía a acurrucarme de forma intermitente. Pero la conciencia propiamente dicha la perdí mucho tiempo después, o tal vez no fue que la perdí, sino que la sustituí por algo más primitivo y caótico. Ya no tenía enfrente de mí un mural de cosas y acontecimientos lógicos, una pantalla de hechos ordenados y regulares, sino que percibía el mundo desde los oídos, como si todo hubiera quedado atrapado dentro de un torbellino de rumores. Las cosas eran sonidos, la casa, la sangre que brotaba del cabro. Parecía como si la voz se hubiera posesionado de todo. ¿Te acuerdas, Sibila, cómo habían seguido hablando desde la oscuridad, cómo nos conminaban a servirnos de aquel caldero que hervía lanzando vapor?

Yo creo que tú ya te habías adelantado a tomar de aquella infusión, Sibila, porque de tus labios chorreaba algo acuoso y maloliente. Tus labios son el último referente concreto que tengo, de allí en adelante percibo un mundo de vaguedades y de ruidos molestos, como si todos los objetos se hubieran puesto a vibrar al unísono. Luego huimos de aquella casa extraña, nos sumergimos en una ciudad con muchas aristas en sus esquinas, anochecida, turbia. El licor pesa en nuestros estómagos, Sibila. Cruzamos calles a las cuales no se les ven las orillas, entre montones de basura y perros revolviendo entre los desperdicios. Cada paso supone un esfuerzo terrible. Subíamos una calle empinada cuando me rendí. Me desplomo en un trecho de césped, a la orilla. La hierba debió de amortiguar la caída, aunque la cabeza me duele, como si la tuviera reventada. Miro cómo te alejas, Sibila, cómo te vuelves un puntito en el horizonte. Otra señal que desdeñé, creo. Me quedo tirado y en algún momento, para acomodarme a la irregularidad del suelo, volteo y me concentro en el cielo. A medida que pasan los segundos me doy cuenta de algo asombroso que sucede: el cielo ha sido sacado de su lugar, desmontado. No hay un cielo encima de nuestras cabezas, la vista se prolonga hasta el infinito. Un agujero que cruza hasta distancias impensables. Eso es horrible, como estar ante el brocal de un pozo que no tiene fin. Si Dios hubiera estado allí, lo habría visto aquel día, Sibila, puesto que los límites ya no existían. Las estrellas habían retrocedido tanto que no podía vérseles y el lugar que ocupaba la luna se había convertido en la entrada a otro agujero más profundo. Saber que no había nada allá arriba me hizo gemir, Sibila. Tenía miedo de precipitarme en aquella sima horrible, ahora que la superficie concreta de las nubes se había volatizado, que navegábamos sin amarras por un universo enorme. Lo peor de todo era que había siluetas a mi alrededor, gente que pasaba y vivía su vida de manera ordinaria, sin percatarse de que habían descolgado el cielo en el que estaban depositadas sus creencias. No miraban la hondura en que nos sumergíamos. Los humanos, Sibila, basamos nuestra seguridad en la existencia de la tierra, en las cosas concretas y palpables que brotan de ella, pero es el cielo el que nos da la confianza de todo, contamos con esos trazos oscuros y alegres, que a veces se colorean, para sentirnos tranquilos. El cielo es la coraza que nos protege de los miedos más insensatos; aquel día de septiembre de 1998 estuvimos expuestos a la furia de las estrellas, a la vastedad, sin nada en qué cobijarnos, pero lo peor de todo fue que nadie pareció darse cuenta. Ninguno hizo por alzar la cabeza y mirar, horrorizarse, sólo yo, que permanecía desmayado en aquel segmento del bulevar.

Después debí de sentir vértigo, Sibila. Esa sensación de caer dentro de un lugar en el que no hay nada concreto para detenerse. Se cae, se cae, se cae, y todo es tan poroso y leve que el mismo cuerpo parece haberse diluido en la caída. Pero se cae hacia arriba, Sibila, que es la peor forma de caer. Uno siente que su cuerpo se ha desatado y que nada de lo que haga va a conseguir frenarlo. Ninguna ley física existe a nuestro alrededor y todo se reduce a sentir la desaparición total de la materia. Creo que tuve que gritar para que alguien me ayudara. Di vueltas y pataleé, hasta que en un momento dado sentí los dedos de alguien que me tomaba de los hombros. Me halan, tiran de mi torso, mientras otros brazos me sostienen la espalda. Aquello es lo peor que he sentido en mi vida, Sibila, porque entonces percibo que es el universo el que empieza a derrumbarse mientras alguien me retiene en medio del cataclismo. Si el vértigo me molestaba al principio, imagínate en el momento en que me quedo suspendido, oscilando. Todo se desploma alrededor mientras permanezco congelado en un único lugar. Es horrible eso, Sibila. Uno siente que ha entrado en las entrañas de las cosas y que va a estallar de un momento a otro conforme éstas se destruyen por sus movimientos caóticos. Luego sólo existe la mano que me sostiene y que me sustrae poco a poco de la vorágine. Percibo la presencia de un dios enorme, más grande que todas las cosas que caen, que hala de mí. Después de grandes inhalaciones, logro abrir los ojos y mirar. Ha amanecido y un parroquiano con cara de mandril me levanta del suelo tirando de mis hombros.

10

Sé que entonces comprendí que te movía un propósito noble, Sibila. Estabas aquí para salvarme, aunque yo no le hubiera dado importancia a las señales que me ponías ante los ojos. Seguía engordando aquel sentimiento amoroso, me aferraba a él con uñas y dientes.

Mis padres vinieron de visita a la ciudad por aquellos días y no quise reunirme con ellos; hasta ese punto había llegado. Cuando supe que estaban en el pasillo del edificio me negué a abrirles la puerta y en un descuido escapé por una ventana. Aunque tú no aprobaras mi actitud ante ellos, me ayudaste a evadirlos. Durante todo el día evitamos regresar al cuarto, lo hicimos hasta que estuvimos seguros de que se habían marchado. Mi madre lloró en la recepción del edificio, según me contaron después, y hasta una profesora de la universidad pasó preguntando por mí. Todos se preocupaban por mi suerte, mientras la indolencia crecía dentro de mí, Sibila. Sabes que sólo tenía oídos para tu voz, que tú eras el centro de mi mundo desgobernado. Te seguía sin rechistar, era cómplice de tus atracos, te hacía el amor de manera desbocada, procuraba

57

defenderte de los vecinos metiches, ponía tu sentimiento por encima de los de la administradora del edificio y de mi familia, pero…

Lo cierto es que esos últimos días de septiembre me hicieron comprender también que nunca accedería a tus afectos. Supe que había un muro enorme entre tu cuerpo y el mío, y que por más que me plantara frente a la entrada o buscara la manera de saltarlo, siempre estaría vedado el paso. Lo que ocurría por las noches entre nosotros era apenas un simulacro, una especie de placebo que inhibía lo esencial, el acto silencioso dispuesto por los dioses para permitir la convivencia, el traslape, nada más. Me di cuenta de eso mientras te acompañaba a robar a un sitio de venta de pollo frito. Te pedí que te detuvieras en medio del traqueteo de los vehículos, del silbido del asfalto caliente. El sol de la tarde roía el cemento de los edificios, una película de polvo se desprendía de ellos, lentamente. Dijiste que me dejara de estupideces, estabas muy apurada para ocuparte de mis tonterías. Yo quería que el estrépito de aquella calle se adhiriera al sentimiento que deseaba transmitirles a tus células, que el entusiasmo penetrara muy adentro de tus órganos. Pero mis palabras no te bastaban, Sibila. Entonces vislumbré de manera breve cómo funcionaban tus sentimientos. Me hiciste ver sin remilgos lo poco que te importaba mi amor. Cinco segundos después de oscilar entre el calor, te habías ido, me dejabas plantado en mitad de la calle, con un gemido tristísimo brotándome de la boca. Tonterías, susurraste, y te metiste entre la gente con aquella naturalidad que tanto admiré. Veinte minutos más tarde volvías con dos canastas repletas de piezas de pollo y una bolsa de papel hasta el borde de papas fritas. Yo no me había movido de aquel lugar, Sibila, estaba absorto y por eso te viste obligada a arrastrarme. Entonces también comprendí que la gente se acercaba a ti con miedo, como si estuviera segura de tu condición maléfica. Se apartaban, y una mueca de asco se escapaba de sus bocas. Tal vez yo estaba tan enamorado que no me había dado cuenta de nada, tal vez había cerrado los ojos a la realidad, pero esta ciudad se mostraba hostil contigo. Incluso los animales se comportaban de manera inusual ante tu presencia. Desgraciadamente sólo fue una fisura que se abrió en medio de la noche cerrada, no hice por entender lo que sucedía del todo, no escruté el infinito murmullo que aparecía al fondo. Volví a cerrar los ojos, me transformé en el esclavo que no pone condiciones a su amo. Ni siquiera porque más adelante de ese día ocurrió un hecho sorprendente, algo que era más que una señal.

Porque no me queda más remedio voy a narrarlo, Sibila, aunque yo hubiera deseado olvidarlo del todo. Recuerda que después de la comida empezamos a caminar en círculos, como si marcáramos el territorio. Varias veces cruzamos la primera calle y describimos una parábola que nos llevó hasta cerca de la Once Avenida, en ambas direcciones. Este y Oeste. Yo estaba cansado, pero te seguía. Trompicaba de un modo, saltaba de otro; me adelantaba o me quedaba atrás, todo para no perder el rumbo, pero hubo un momento en que ya no pude más. Habíamos llegado al monumento a La Paz, en la salida a La Lima, y ya no aguanté el cansancio, me rendí. Me tendí en el suelo bajo unos arbustos raquíticos que servían de vallado a una iglesia menonita. Estaba húmedo y entre las hojas se miraba bien el cielo. Parecía muy concreto, Sibila, como si hubiera adquirido corporeidad, volumen; se notaba seguro y benevolente. Tú te detuviste al mirar que me desplomaba y te acurrucaste más adelante, en la orilla. Había pordioseros aferrados a las ventanillas de los vehículos detenidos por el semáforo. Creo que el calor me adormeció, me arrastró hacia una duermevela vaporosa, por eso no pude presenciar nada de lo que pasó a continuación, hasta que fue demasiado tarde. Tú me contaste, Sibila, me explicaste cómo la pareja de muchachos había llegado hasta el cruce de la calle, cómo estuvieron unos minutos esperando en el bordillo. Iban muy contentos y el muchacho se afanaba a cada instante en besar la mejilla de la muchacha. Compartían los hilos de un reproductor de música, él en la oreja izquierda, ella en la derecha. Parecían estar atados desde aquel aparato. El camión entró a la Primera Calle desde la avenida opuesta a la mía. Iba a virar hacia el centro de la ciudad, pero entonces apareció el taxi como un fantasma. Surgió como si hubiera escapado de la nube de vapor que el viento empujaba desde la montaña y se interpuso entre el camión y un agujero labrado por la lluvia en mitad de la calle. Por un momento estuvieron a punto de chocar, luego el taxi viró abruptamente y enfiló hacia la salida a La Lima, pero el camión, que ya había tomado impulso, no pudo hacer lo mismo. Derrapó, y fue derechito hacia donde se encontraba la pareja, al chocar contra el bordillo respingó y pareció saltar sobre ellos. Fue como si los envolviera del todo en su traquido de tornillos flojos. No con la carrocería, sino con el estruendo de su gran motor que tosía. Se detuvo en el vallado a pocos metros de donde yo estaba tirado. Había muchos gritos, humo, y aceite derramado cuando me desperté. Tú estabas en una especie de trance, Sibila, gimoteabas, y no sé de dónde había surgido la sangre que tenías en la ropa.

Cuando la gente se reunió alrededor del camión y empezó a tejer conjeturas, decidimos marcharnos, Sibila. Te noté ausente, como si cargaras un gran peso encima. Supuse que se debía a que fuiste testigo de primera mano de la muerte de los muchachos, debiste de ver con claridad sus cuerpos aplastados y su desesperación por escapar.

Fuimos después derechito a mi cuarto, yo estaba tan cansado que me dormí enseguida. Recuerdo que soñé mucho, sobre todo con el ruido que producía el camión y con la pareja de muchachos, pero cada vez que la escena se repetía en mi cabeza tenía un desenlace diferente.

11

A partir de allí empezaste a huir, Sibila, o tal vez tenga que decir *a desaparecer, a despegarte de mi vida*. Pocos meses de felicidad y luego todo se va por la borda, se esfuma. Cuando me despierto por la mañana, ya no estás en el cuarto; hay un hueco profundo que se ensancha en la cama, que me traga. Me levanto y te busco desesperado por todos los rincones, salto a la calle, grito tu nombre a los transeúntes que se cruzan conmigo. La administradora del edificio trata de detenerme, se planta enfrente y me coge entre sus brazos, pero yo la empujo y me desembarazo de un tirón. En la calle doy rienda suelta a mi dolor. Un día de esos estoy a punto de terminar encerrado en la cárcel, Sibila. La desesperación me impulsa a las rabietas, a provocar disturbios en medio de la Tercera Avenida. Me persiguen dos parroquianos a quienes he volcado sus mercaderías y unos cincos policías municipales que corren con pereza sosteniendo con sus manos sus grandes barrigas. Me detienen unas cuatro cuadras adelante, me llevan a la Primera Estación de la Policía, pero me absuelven al nomás llegar. Me parece que los jefes estaban enfrascados en explicar a los periodistas las consecuencias de un atraco a un hospital privado. No tienen tiempo que perder en tonterías de chicos como yo. Uno de los policías me advierte algo que no escucho. Después sigo buscándote, Sibila, hasta la cinco de la tarde, cuando empieza a oscurecer. Como no había comido nada en todo el día, decido volver al cuarto a ver si encuentro algo. Unas papas fritas congeladas me ayudaron a calmar un poco el hambre. Estuve despierto hasta las doce de la noche, hasta que te escucho entrar sigilosamente en el cuarto. Tenías la ropa terrosa y las uñas de las manos destrozadas, parecía como si hubieras luchado con alguien. Vi que te diste un baño rápido y luego te echaste a dormir como si nada, evadiendo mis preguntas incisivas. Te mostraste hermética. Pienso que entonces el proceso de separarnos había comenzado y que yo me negaba a aceptarlo.

Aquella incertidumbre se volvió algo cotidiano para mí. Como si todo fuera parte de un ritual canallesco, Sibila, tan exacto y doloroso. Te acostabas por la noche junto a mí, me abrazabas, y tu boca apretaba la mía, pero yo estaba seguro de que, al despertar, ya no te encontraría a mi lado y, entonces, me volcaría a las calles a buscarte. Haría locuras y me expondría a la cólera de la gente ordinaria. Recorrí la ciudad de cabo a rabo durante ese octubre, Sibila, la descubrí de nuevo, pude reconocerme como parte de su tonto inventario, intuí que su desorden y la miseria determinaban también mi vida. Mi único consuelo fue que algunas noches te dignaste a regresar temprano y trajiste comida caliente, hierba de la buena, y dinero en efectivo para pagar el alquiler, Sibila. Pero en otras ocasiones me tocó esperarte, revolviéndome, torturándome, hasta muy entrada la madrugada. No puedo negar que entré en una etapa de pesadilla, mi indolencia se convirtió en contrición en muy poco tiempo. Me dolía tanto que me abandonaras, que no valoraras mis sentimientos. Te creía humana, Sibila, pensé que el amor era capaz de traerte de vuelta del todo, pero…

En medio de toda esa angustia yo intuía que algo se estaba tramando a mi alrededor, pero no podía intervenir en ese destino enorme que se precipitaba sobre el país. Sabía que tus correrías por la ciudad tenían un propósito esencial, de advertencia, de precaución. El cuarto se me hizo estrecho, de pronto, repudiaba la lectura de los libros y, poco a poco, caí en la inanición. Ya ni siquiera me levantaba de la cama, ni me aseaba, no me importaba morirme de hambre o que las cobijas se convirtieran en un podridero. Recuerdo que la administradora del edificio entraba a mi cuarto y trataba de consolarme. Me acariciaba el mentón mientras me pedía que llamara a mis padres. Ella tenía claro que yo estaba enfermo y que necesitaba orientación de alguien de peso. Se refirió a ti, Sibila, de mala manera, te acusó de ser la causante de mis males, de haberme destruido. Ella podría llevarme al médico, aseguraba, si yo aceptaba cambiar de aires. Se veía que no tenía malas intenciones, que su afecto por mí había crecido, pero yo la repudié, Sibila. Quién se creía para darme consejos o juzgar tu actuación.

Mientras tanto, octubre seguía su curso inmisericorde. El calor volvió a aumentar después del día veinte. Un vaho pegajoso se adhería a las celosías todas las mañanas y la ciudad parecía reflejar un sol de muerte. Desconocía del todo aquello que me mostraba la ventana, veía un barrio enfermo, en descomposición. Las mismas montañas que alcanzaba a ver desde el piso tenían un aire a podrido. Yo todavía trataba de despertarme temprano para atajar tu huida, Sibila; creía que podría retenerte si me mantenía con los ojos abiertos. Pero un sueño intenso, abrumador, impedía que lo lograra. Cuando abría los ojos, el sol ya estaba en lo alto y el calor arreciaba, entraba a torrentes por cada boquete abierto en el edificio. Empezaba a palpar las cobijas, arrancaba las almohadas de su lugar, me metía debajo de la cama. Iba a la cocina, abría la alacena, el refrigerador, el horno de la estufa; luego me dirigía hacia el sanitario, corría la cortina, revolvía entre la ropa sucia. Era inútil, Sibila, te habías ido de nuevo, y a mí sólo me quedaba echarme a la cama otra vez, cerrar con fuerza los ojos y los labios, dejar de respirar, para que el calor no se deslizara hasta adentro de mis entrañas.

El día 23, por un golpe de suerte, conseguí despertarme a tiempo. Alguien gritaba en el cuarto contiguo y otra voz se quejaba en las escaleras como respuesta a los gritos, todo ese barrullo me sacó del sueño de una vez. También es posible que haya estado soñando que me pasaba algo malo, no me acuerdo bien, pero creo que así fue. Ya te habías ido cuando logré tirarme de la cama, pero desde la ventana pude atisbar la dirección que tomabas. Me puse los zapatos deprisa y rengueando salí a la calle. Desde entonces rengueo, Sibila, como si tanta ansiedad junta me hubiera estropeado la pierna derecha. Bajé corriendo, a trancos, pues estaba convencido de que debía acompañar tus andanzas por la ciudad si quería recuperar el amor. Indagar en qué ocupabas las horas del día, por qué huías cada mañana. Al principio me era difícil mantener el paso, Sibila, pero estaba dispuesto a llegar hasta el fin del mundo con tal de no dejarte ir. Estar tumbado todo el día en la cama e ingerir tan poco alimento me había debilitado sobremanera; así que dos cuadras más adelante ya estaba mareado. La cabeza empezó a dolerme y los pies pesaban como si fueran de cemento. Traté de seguir tu dirección sin que me vieras, pero eso es imposible en una ciudad tan enana como San Pedro Sula, además, tus ojos eran penetrantes y vivaces, me rastreaban desde lejos con sorna.

Seguiste una ruta errática, cambiando de acera cada cierta cantidad de pasos. Rumbo Este, sin seguir una calle específica, torciendo cada dos cuadras. El tiempo se disolvió rápido producto del cansancio y del sol que se prendía de mi cabeza. Se redujo a esos segmentos pequeñitos que ya no van a ninguna parte, que se vuelven inatrapables por su tamaño elemental. Recuerda, mi amor, que yo podía manejar la realidad a mi antojo cuando se había distorsionado por efecto de la conciencia estropeada; piensa que, de alguna manera, me había convertido en el dueño de los destinos. De repente ya no nos movíamos, Sibila, eran las calles las que nos transitaban, las que corrían dejando un trecho entre adelante y atrás. Toda actividad cesó y el mundo fue ese agujero en el que yo me escondía antes de saber de tu vida. Dos trozos desiguales del paisaje se abrieron ante mis ojos, los mismos edificios se partieron en fragmentos. Cuando quise volver a arrancar, trompiqué, el pie derecho chocó contra el bordillo y caí de bruces. Me golpeé la cabeza. Todo se volatizó, pero al abrir los ojos, otra vez estaba en la tiendita de los licuados después de las clases en la universidad y jugaba a decidir el rumbo de los acontecimientos de San Pedro Sula. El libro que hablaba de tu existencia estaba en mis manos de nuevo y me borraba todo lo que había alrededor, pero ahora ya no me absorbía en sus páginas por completo, tu presencia imponía una fuerza en mi organismo que me sacaba a la superficie. Percibía tu perfume agrio, que acompañaba al licuado de zanahoria en su camino por el esófago. La lluvia tronaba afuera, las calles estaban inundadas, pero nada indicaba que tú ibas a llegar, Sibila, porque ahora estabas adentro de mí, porque yo te contenía. De inmediato los aires cambiaron y una ráfaga de viento nos hizo transportarnos a otro sitio. En aquella ruptura los cuerpos volvían a estrecharse. El acto sexual en el que nos manteníamos enfrascados llegaba a su final, pero nadie soltaba al otro. La circulación interna de mi cuerpo me había rebasado y se volcaba hacia afuera, hinchando el espacio. Un enorme huracán de sangre partía desde mi corazón en distintas direcciones. El cuerpo estaba tan anegado que soltaba chorros de líquido seminal. Entonces lo vi, Sibila. El futuro estaba allí, en el umbral de la puerta de mi cuarto, y me mostraba sus colmillos, su gran amenaza. El futuro era una mujer bonita que emergía de los tiempos idos y lo abarcaba todo con su aliento fatal. Una mujer que extendía su manto de muerte desde la puerta entreabierta y me llamaba a ser cómplice de su maldad. Pude ver con claridad lo que se nos venía encima. Claro, entonces no pude valorarlo del todo, estaba haciendo el amor con la mujer de la que me había enamorado y nada más importaba. Hasta allí llega el egoísmo humano, Sibila, hasta cerrar los ojos y condenar a los hermanos. Cuando logré despertarme, vi al gato aferrado a tus piernas, contemplé la sangre que resbalaba por tu pantorrilla. Entonces me olvidé de lo que había entrevisto, del mal que nos cercaba; olvidé la muerte que se abatía sobre la región, pues ahora tendría que empezar a defenderte de aquel animal furioso.

12

El aviso de la llegada del huracán me vino en mala hora, Sibila. Era un domingo gris y estaba encerrado en mi cuarto, me mordía los dedos de la preocupación. Había encendido la televisión por inercia, pero la verdad es que no hacía caso a los programas que pasaban. En varios canales locales se veía a la gente celebrando algo que no pude precisar; tal vez el resultado de algún partido de fútbol o algo relacionado con el día de las brujas.

Sonaban cohetillos más allá del barrio, pero yo no entendía a qué se debían, Sibila. Hubo un apagón en algún momento que me sacó del ensimismamiento. Dos minutos después ya se había restablecido el servicio eléctrico, pero yo me había levantado y estaba en la ventana. Se adivinaba mucha expectación afuera, como si las personas que se preparaban para dormir aspiraran el aire con esfuerzo antes de cepillarse los dientes. Esas miles de inhalaciones se elevaban por encima de una leve llovizna que caía produciendo una especie de resoplido general.

La programación del canal que tenía sintonizado se interrumpió de pronto, Sibila, y un delegado del Gobierno empezó, sin remisión, a hablar del estado del tiempo. Yo no podía ver el rostro desde la ventana, pero los sollozos con los que el tipo aquél aderezaba su perorata me llegaban de forma nítida. Como no esperaba algo así, me sobresalté. El delegado del Gobierno anunciaba el avistamiento del huracán por parte de los expertos del Servicio Nacional de Huracanes de Miami. Se erguía por encima de las aguas del Atlántico y seguía una ruta peligrosa hacia nuestras costas. Todavía contábamos con que se arrepintiera o que las oraciones de nuestros ilustres ministros de las iglesias lograran torcerle los vientos. El funcionario pedía precaución y que nos mantuviéramos pendientes de las noticias, no había que alarmarse todavía.

Pero quién no iba a asustarse después de escuchar esa voz y esos resoplidos, Sibila. Las consecuencias de aquel anuncio se sintieron afuera, de inmediato, con el recrudecimiento de las inhalaciones. Parecía como si todos los habitantes de la ciudad replicaran en su respiración los quejidos oficiales de aquel hombre. Yo había respingado, ya te expliqué, pero no porque me preocupara el huracán o sus enormes vientos. Pensaba en ti, Sibila, en tu suerte. Recordaba que te habías marchado por la mañana, sin hacer ruido. En un intento por encontrar tu paradero me había recorrido media ciudad. Me parecía encontrar vestigios de tu peregrinación en cada esquina. Pensaba que los dejabas allí para que yo persiguiera aquel rastro. Eran pistas falsas que me llevaban a sitios equivocados.

Así me enteré de que en un costado del estadio Morazán hubo un accidente de tránsito muy feo. Un vehículo se había estampado contra la pared del edificio que delimitaba la esquina de la calle y en su carrera loca había arrastrado a varias personas que esperaban el autobús. Se sabía de varias víctimas aplastadas y de heridos de gravedad. El asunto fue que cuando llegué, los testigos se habían dispersado y nadie podía aclararme nada. Un vendedor de confites que salió ileso me comentó, Sibila, que una mujer muy guapa había sido llevada muy grave hacia el hospital. La descripción bastante torpe que me dio coincidía de alguna manera con tu fisonomía. Es más, me habló de que la mujer tenía poderes especiales, que había ayudado a evitar que la tragedia se cobrara más vidas. Cuando le pregunté a qué se refería con poderes especiales, dijo que había logrado desviar la trayectoria del automóvil, cuando se les echó encima, con sólo interponer las manos entre la lata y las personas que huían. Él mismo había escapado gracias a que el vehículo torció hacia la derecha. Un agente de Policía medio adormilado que miraba la pared con estoicismo, o tal vez con sorpresa, confirmó que eso era cierto, se habían llevado a varios heridos, pero él no podía precisar si iba una mujer en el grupo como la que yo le describía.

Algo me decía que lo que el vendedor de confites había asegurado era verdad, Sibila. Te imaginaba en medio de la acera interponiendo tu cuerpo endeble entre la lata torcida de la carrocería y la pared. Te imaginaba haciendo correr a los transeúntes adormilados, sacándolos de escena. Tú cuerpecito amordazado y chorreante, Sibila: los cantos de sirena que debieron brotar de tu garganta destrozada por el hierro. Estuve un rato en aquel sitio, la pared reventada del edificio estaba cercada de cinta amarilla, había pequeños charquitos de sangre coagulada, vidrios rotos y plástico chamuscado, aunque se veía que alguien había arrojado agua sobre la acera. Después había echado a caminar, Sibila, hacia arriba, por toda la Primera Calle, como si quisiera escalar el cielo.

Debía hacer una visita al hospital si quería averiguar algo. Me metí en la Circunvalación, troté en ella con desgano y luego de unas cuadras, me rendí. Estuve sentado en el bordillo de la acera, hipando, hasta que pasó un antiguo compañero de la universidad y detuvo su vehículo. Me invitó a subir y sin preguntarme mucho, me dejó en el portón de las emergencias, el lugar más tétrico y desolado del mundo. Un sitio que combina de forma matemática momentos de profundo silencio y de estridencia. Cada vez que entra una ambulancia el lugar de llena de sonidos dolorosos, como si la muerte anunciara su presencia desde la bocina. Y luego, el silencio más absoluto, como si aquella muerte, ya consumada, pasara recogiendo sus silbidos. El guardia no me dejó entrar por allí, dijo que fuera al otro extremo del muro, por donde entraban las visitas. Me dejaron pasar hasta el patio, por lástima, creo, Sibila, pero luego no me permitieron entrar a las salas de los enfermos. No andaba mi documento de identidad y tampoco podía demostrar algún parentesco contigo, mi amor. Sólo la mención de tu nombre ya me puso en aprietos; además, la muchacha de la recepción me pedía un apellido de verdad. Rogué, imploré, pedí que buscaran entre los heridos que habían ingresado por la mañana. La muchachita aquella no se inmutó, me gritó con que si no me identificaba no podía hacer nada por mí, luego ordenó al guardia que me echara. Un monigote nervudo parecido a un robot me puso en la calle, ni siquiera me dejó merodear por el patio. Anduve al azar, mi amor, desencantado. Me metí en calles por las que nunca me había aventurado a pasar, erré como loco, hasta que una célula hizo las conexiones adecuadas en mi cerebro y pude orientarme y regresar a mi cuarto. Por eso estaba tan triste cuando dieron el anuncio del huracán, por eso me sobresalté.

Dormí a cuentagotas y durante toda la noche escuché un continuo martilleo. La ciudad parecía estar siendo desmontada, como si quisieran quitarla del camino del huracán. Llovía a intervalos y cuando se calmaba soplaba mucho viento. Las hojas de los árboles tronaban como sonajas, lo que hacía que se le encogiera el alma a cualquiera, Sibila. Había habido más anuncios de parte del Gobierno, pero yo había apagado el televisor. Cuando lograba dormirme volvía a revivir aquella escena de la mañana, miraba la carrera zigzagueante del vehículo, el encontronazo con la pared y la cantidad de partículas que salían despedidas en todas direcciones. Miraba los pedazos de tu corazón que se deshacían al contacto con el cemento, la piel que se arrancaba en tiras limpias, y la sangre que fluía hacia el suelo, a presión. Creo que yo mismo participaba en el accidente, me metía en medio, y procuraba sacar tu cuerpo del camino del vehículo, Sibila, pero éste pasaba a través de mí dejándome intacto. Después me despertaba el estallido del metal en la pared de concreto y volvía a estar con la lluvia que reventaba afuera con fuerza.

Dentro del mismo edificio había muchas voces, alguien corría por el pasillo, frenaba enfrente de mi puerta, se quedaba quieto unos segundos, y luego viraba y volvía a correr. Se hacían llamadas telefónicas y se arrastraban cosas. Unas dos veces imaginé que tocaban a la puerta de mi cuarto, hasta el gato parecía haber perdido la cordura. Rascaba en el piso y maullaba como si estuviera en celo.

Casi al amanecer tuve un sueño distinto, provocativo. Te veía llamarme desesperadamente, extender tu mano derecha hacia mí desde lo que parecía ser un cuarto triste de hospital. Tenías las extremidades inferiores aplastadas y te quejabas mucho de la sangre que corría por las sábanas. Sentí tus ojos que me traspasaban, tu dolor en mis propios tejidos, Sibila. Aquel dolor acrecentó de manera violenta el sentimiento, lo volvió invulnerable, de allí en adelante sería incapaz de sacármelo de encima.

13

El lunes todas las llamadas del Gobierno se volvieron reales. El huracán amagó frente a nuestras costas, Sibila, merodeaba cerca del litoral como un felino hambriento que olfateara a su víctima con cautela. Parecía dubitativo todavía, su andar errático y sigiloso desconcertaba a los expertos. Su imagen se repetía una y otra vez en la pantalla de la televisión, con aquel ojo agrandado y purulento que parecía guiñar cada cierto tiempo. Me levanté temprano y volví a acercarme al hospital. Esta vez me subí a un autobús de la ruta 7 y supliqué al ayudante para que me eximiera del pago del pasaje. Una vez en la recepción, recibí el mismo trato del día anterior, nadie parecía saber nada acerca de una mujer extraña herida por un vehículo desbocado. La muchacha que me atendía, que ya me había cogido ojeriza, objetó, de manera tajante, que reciben a diario cientos de heridos para estar jugando a adivinar, que si no le daba un nombre completo no consultaría en sus registros. Volví a repetirle tu nombre, Sibila, volví a describirle tus rasgos más acusados, señalé características particulares, puse el alma en ello. La muchacha sólo me miraba de reojo de vez

75

en cuando y seguía tecleando en la computadora que había sobre el mostrador. En un momento, vi que se llevaba su índice a la sien, que se reía para sus adentros. Había otras personas que deseaban información detrás de mí, así que el guardia de seguridad me haló para que desocupara el sitio, me condujo a la puerta de salida y me empujó hacia la acera. Tuve que huir, Sibila, caminar sin rumbo toda la mañana. No sé cómo llegué de nuevo al cuarto, cómo me dejé caer en el umbral. Allí estuve hasta que la administradora del edificio se presentó y me dijo que tenía una llamada en espera. Estaba tan débil y perturbado que tuvo que ayudar a levantarme. Me llevó a su oficina y me puso el teléfono en la oreja. Era mi padre, me pedía que regresara al pueblo, dado el estado de emergencia declarado por el Gobierno y la suspensión de todo tipo de actividad laboral y académica, lo mejor era estar todos juntos en familia. Por decir algo, le indiqué que iría, que me esperaran; pero que tendrían que enviarme dinero para el pasaje. Dijo que la administradora del edificio me daría lo necesario. Al soltar el teléfono ya no pude sostenerme en pie, me derrumbé en una silla, y allí me quedé desmayado.

Después de un tiempo sentí que me despertaban. La administradora del edificio me daba a oler alcohol mentolado, sostenía un plato de sopa en la que daban vueltas unas tiras de orégano y culantro. Me invitaba a beber. Me lancé ávido sobre el plato. Estaba caliente y varias veces sentí como el líquido me escaldaba la lengua y el esófago, pero me la terminé en unos minutos, Sibila. No me sentí bien de inmediato, como yo creía. La sopa despertó muchas sensaciones ácidas dentro de mi estómago. Tuve ganas de vomitar y unos escalofríos repentinos me recorrieron el cuerpo. Trompicando, volví a mi cuarto, debí de dormirme enseguida. Pero aquel martilleo monótono volvió a resonar durante el sueño, los golpes eran tan nítidos que esta vez sí creí, de veras, que cuando me despertara la ciudad ya no estaría en su lugar o sólo estarían sus bases enterradas en el suelo.

El martes en la mañana hice el intento de levantarme, pero ya no pude. Mi cuerpo se había adherido a la cama y sentía su abrazo brutal. Yo creo que la inminencia del huracán, su fotografía despiadada en la pantalla del televisor, había ablandado los corazones de los vecinos del edificio. Un grupo de ellos rodeaba mi cama, Sibila, percibí sus presencias aún antes de abrir los ojos. Me aplicaban mejunjes en la piel y trataban de despegarme de entre las cobijas, sobre todo la administradora del edificio, que me rodeaba con sus brazos grandes. Yo estaba rígido y la tarea de levantar los párpados me cansaba. Los rostros de mis vecinos parecían blandos, contrario a las caras brutales que esgrimían a diario. Se ofrecieron a llevarme al hospital, incluso juntaron algún dinero para que tuviera con qué comprar medicinas. Una hora después iba en un taxi hacia aquel sitio de muerte y desolación. Había alboroto en la entrada de las emergencias, Sibila, y sólo dejaban pasar a los que iban verdaderamente graves. Un muchacho del edificio que apenas conocía se quedó para acompañarme. Dos horas después hubo una tregua en las ambulancias, me dejaron pasar y me atendieron. Los doctores no se interesaban en enfermos que podían andar y abrir los ojos como yo, de sus conversaciones deduje que preparaban el hospital para las posibles víctimas del huracán. Les habían ordenado que hicieran espacios en las salas abarrotadas, que ahorrasen los medicamentos y el equipo quirúrgico para paliar los estragos que podrían producirse. Para esa hora, todos estaban seguros de que el huracán entraría al territorio nacional, Sibila, pero trataban de parecer indiferentes. Seguían creyendo en los delegados del Gobierno que decían que todo estaba bajo control o en los ministros de las iglesias que continuaban con sus rogativas. Me aplicaron una inyección, Sibila, que me dolió como si la aguja hubiera entrado en el hueso, luego me condujeron hacia una sala atestada y me dejaron en el rincón. Estaba recostado en una camilla que oscilaba peligrosamente hacia los lados cuando yo movía los pies. Tal vez dormí mucho porque cuando desperté me sentía mejor, ya no estaba en la sala atestada sino en un sitio oscuro en el extremo de un largo pasillo. Todo en penumbras y silencioso. Por una ventana de vidrio que había en lo alto del pasillo se miraba el exterior. Llovía muy fuerte y las gotas resbalaban por el cristal; pero tal vez no resbalaban, sino que era la pared del edificio la que escalaba las alturas sujeta a esa multitud de gotitas. De pronto, Sibila, el edificio del hospital se había transformado en un enorme barco que oscilaba en medio de un mar agitado. Mi camilla se bamboleaba y chocaba contra la pared a la cual estaba arrimada. Una sensación insólita, como la de ir hundiéndome en un cenagal, se apoderó de mí, empecé a lanzar manotadas, a sujetarme de los bordes de la camilla con todas las fuerzas. Lo extraño, Sibila, es que sólo yo parecía remar en aquel mar revuelto, mis demás acompañantes en las otras camillas dormían de manera plácida. No sé si grité, porque luego se oyeron muchos murmullos. Una mujer se acercó a mí, pero dio la vuelta enseguida. Luego todo volvió a estar como antes, oscuro y tenebroso.

Después caigo en un ensueño extraño, Sibila, y desde el sopor en el que floto, me acuerdo de nuevo de ti, mi amor. Tú estabas adentro de mis tejidos y ya no tenía que evocarte de ninguna manera para que te presentaras puntualmente a mi memoria. Pero la atmósfera del hospital disolvió mis inquietudes y entonces recordé claramente que tú también podrías estar interna en aquel mismo lugar y que era mi deber moverme a buscarte. Pero el sueño no me lo permitía al principio, volvía a dejarme estaqueado en la camilla cuando intentaba vencer el sopor.

No sé cuánto tiempo estuve enfrascado en aquella lucha contra mi propia inconsciencia, entrando y saliendo de sueños poderosos; debió de ser muy tarde cuando logré escapar definitivamente de sus dominios. Tenía alguna idea de que siempre en los hospitales, por razones obvias, separaban a los hombres de las mujeres. Estaba seguro de que en este caso, uno de los pisos del edificio estaba destinado exclusivamente a las enfermas. Me levanté de la camilla con la determinación de visitar todas las salas, si era necesario. Al principio me dejé guiar por las luces que se veían al fondo, pero luego vi que había enfermeros apostados, con tableros en ristre, entre los mostradores de la entrada. Supe que no me dejarían pasar adelante. Me replegué hacia el rincón y me detuve a pensar en lo que debía hacer, si me atrapaban fisgoneando por allí era seguro que me devolverían a la camilla o me echarían definitivamente del hospital. No podía arriesgarme a tanto. Me puse a ver la lluvia que seguía chocando en la ventana de cristales; la sensación de hallarme en medio del mar agitado volvió en unos segundos. Me mareé pronto, así que tuve que regresar a la camilla. Juré volver a intentarlo más tarde, Sibila, cuando me repusiera. No iba a dejarte sola ahora que te tenía cerca. El problema fue que el cansancio me venció; a los minutos de haberme recostado ya estaba durmiéndome.

Entonces escucho que alguien enciende una radio, Sibila. La voz se mete en las orejas desde una distancia enorme. Dan un informe de última hora, percibo los nervios de la voz que sopla en el micrófono. Notifica a la audiencia nacional e internacional de algo muy grave. Por lo visto, una masa de aire frío proveniente del Norte está empujando al huracán hacia nuestro territorio y las probabilidades de que penetre en el país se han incrementado en las últimas horas. Hay que redoblar esfuerzos, señala la voz, seguir con nuestras quejumbrosas oraciones. Después habla de Dios y de su poder, de las garantías que tenemos de escapar ilesos del huracán si nos confiamos a su providencia. Cuando la voz se acalla, comienzan los murmullos, desde cada camilla brota un suspiro diferente. Es como si fuera uno solo, pero con distintas gradaciones de sonido. Te hubieras reído, Sibila, los murmullos brotaban de todas partes, como gusanos siseantes; luego volví a escuchar aquel martillar acompasado que se había quedado dentro de mis oídos desde el domingo, sólo que en el hospital parecía contener mucha rabia. Al fondo se escuchaban pasos apresurados y el arrastre de sillas. Todo ese barullo debió de sacarme del sopor. Me levanté, Sibila, y aprovechando el desconcierto que reinaba en la sala, me escabullí hacia las escaleras. Pude sortear con facilidad al guardia que cuidaba la entrada al piso superior, pero un camillero se fijó en mí cuando traté de ocultarme detrás de un estante cargado de uniformes. Me pescaron y me condujeron hacia el mostrador del piso de abajo. Una enfermera se puso a hacerme preguntas raras, y como no las respondí, pasó de inmediato a hacer una llamada. Sibila, me estaban echando del hospital a pesar de la hora, no tuvieron contemplaciones conmigo. La misma muchacha al colgar el teléfono se puso a llenar una cartilla. Enseguida me la largó y me dijo que esperara hasta que amaneciera, ya no podía volver a mi lugar. De ahora en adelante, indicó, se iban a atender sólo los casos desesperados, los que tuvieran una relación directa con el huracán. Me aseguró que yo no tenía síntomas de ninguna enfermedad, tal vez sólo necesitaba descanso.

El trajín iba en aumento, Sibila. Los doctores mostraban más arrestos y casi todo el mundo corría. El asunto es que parecía que nadie sabía adónde ir. Se movían sólo para que no se supiera que estaban nerviosos. Varios pacientes siguieron mi suerte. Les llenaban formularios y los despachaban sin remisión, algunos todavía cargaban con mangueras sujetas a sus antebrazos. Los doctores revisaban a los que podían y daban la orden de sacarlos. Varios teléfonos sonaban al mismo tiempo, lo que aumentaba la confusión. Me tiré al suelo y me dispuse a esperar la llegada de la mañana, pero enseguida me hicieron levantarme. No querían a nadie en los pasillos, debíamos evacuar el edificio. Sibila, yo seguía pensando en ti, mi amor, toda aquella exageración me remitía hacia tu afecto. Pensé que era precisamente ese sentimiento el que me sostenía, el que evitaba que buscara una manera fácil de matarme. Te veía en cada persona que cruzaba por el pasillo, en cada cuerpo que asomaba por los ventanales. Tal vez la lluvia había pasado, Sibila, pero todavía goteaba en algunos lugares. Bajé con un grupo de mujeres que iban de salida. Unas eran enfermeras que terminaban su turno y otras, muchachas recién paridas que habían sido dadas de alta a toda prisa. Todas marchaban somnolientas y nadie se fijó en mí. Creo que salí al patio y empecé a caminar con desgano, como si fuera arrastrando toneladas de una sustancia parecida a la congoja. Empezaba a amanecer, pero el cielo restallaba de tan denso y oscuro que estaba. Sentía que te abandonaba, Sibila, que cortaba el último hilo que me ataba a ti.

14

En el otro extremo de la realidad, en aquel segmento que el huracán apenas rozaba, Dorita se encontraba sumida en la angustia. Así se llamaba la administradora del edificio. Dorita o Dora. Le dolía haberse deshecho de mí, Sibila, abandonarme a mi suerte. Caía en la cuenta de que, al haber aceptado que me internaran en el hospital, me ponía en las garras de la muerte. Ayer apenas había hablado con mis padres y, entre tantas promesas que les hizo, juró que iba a cuidarme. Le angustiaba saber que no tendría cara para hablar con ellos en adelante; pero entendía que debía hacerlo con urgencia. En los hospitales del país la gente se muere si no cuenta con ayuda del exterior. Sufría por mí, Sibila, porque el amor que habían creado sus glándulas le escaldaba su organismo, lanceaba su pecho con su doble filo. Así que la administradora del edificio estaba triste y asustada. El huracán, del que tanto se hablaba en la tele, le importaba un cacahuate; dentro de ella había una fuerza más monstruosa que aquel fenómeno natural, que le oprimía sus tejidos con más potencia. Veía desde su oficina la lluvia, percibía el vaivén del viento en la calle, pero nada de eso tenía sentido para ella. Ningún fenómeno meteorológico podría doblegar aquellos pensamientos que escapaban en tropel de su cerebro angustiado. En algún momento se movió y se dirigió a mi cuarto, Sibila. La puerta estaba sin llave, sabes que no he sido nunca desconfiado, además, ella tenía una copia. Entró sin la vergüenza que le producía antes pisar en solitario la intimidad de las habitaciones. El desorden que imperaba le aumento la angustia, cada cosa tirada en el suelo era signo de descomposición, de muerte. Hurgó en algunas gavetas, pero la vaciedad de los rincones le produjo una tristeza ilimitada, después de pasar revista a otros muebles, se dirigió a la cama. Miró, Sibila, las señales de nuestras batallas amorosas, las muescas que nuestros cuerpos habían dejado en el colchón. Ocupó por unos minutos el hueco dejado por mi espalda, restregó sus pezones en aquel espacio cóncavo que contuvo durante cientos de noches mi abdomen, hasta que le ardieron. Luego se puso a seguir los olores en la sábana, tuvo que retorcerla para que recuperara su forma. Se quitó los zapatos y se subió hasta quedar tendida a lo largo de la cabecera. Allí lloró, Sibila, allí juró buscarme y rescatar mi alma de aquella extraña congoja que me arrojaba hacia la maravilla del mundo. Después se levantó, se alisó la falda y recogió los zapatos, no quería que se oyeran sus pasos de fugitiva, así que bajó descalza. Guardó todas sus pertenencias bajo llave, se duchó, se puso una ropa ligera y salió a la calle, pero no supo orientarse. De repente la ciudad le pareció desconocida, extraña, como una red de pesca enorme, llena de bichos, puesta a secar. Un sol blanco atravesaba la llovizna y el horizonte llameaba con una luz pálida. Todo eso la hizo desconocer los sitios habituales. Se sintió perdida, como si flotara encima de las nubes. Decidió caminar hacia cualquier sitio, se sentía segura moviéndose.

Es probable que anduviera durante toda la mañana y que luego tuviera que correr a buscar algún refugio debido a la intensidad de la tormenta desatada después de las doce. No sé si alcanzó a llegar al hospital, no sé si preguntó. Mucho de su recorrido se desconoce, se interna en terreno fantástico. Lo cierto es que aprovechó la tregua en el tráfico de las seis de la tarde para volver al edificio, encontró que habían saqueado su oficina. Había revuelo entre los inquilinos, unos se aferraban a sus maletas, mientras otros se quejaban en voz alta. Había unos pocos que barrían la gran cantidad de agua acumulada en el vestíbulo. Ya no le importó nada de eso, se dio tiempo para insultar a los que se quejaban de sus servicios. Sólo cuando se hubo tranquilizado un poco es que hizo la llamada que tanto temía. Llamó a mis padres, Sibila, les dijo que yo había desaparecido, que en la confusión del huracán ella había perdido mis huellas. Es seguro que lloró al mismo tiempo que mi mamá, que le prometió dedicarse a buscarme. Ella, Sibila, que había sido tan responsable y dedicada, se deshacía de su condición natural para ir detrás de un mocoso que la desdeñaba. Pero qué quieres, el amor es así, todos en algún momento perdemos la cabeza por su culpa. Dorita la perdió aquel día, cuando le juró a mi madre que me buscaría, no importaba si tenía que ir hasta el infierno.

15

Después de dejar el hospital, regresé a mi cuarto, que también había sido saqueado. En el baño estaban los restos del gato; alguien lo había reducido a papilla. Sentí que se trataba de un acto sobrenatural, de una señal oscura. Me asusté, así que alisté alguna ropa, la introduje en una mochila mugrosa y salí huyendo, Sibila. Me fijé que Dorita no estaba en su sitio y que en su oficina todo estaba revuelto y tirado en el piso. Debí de comerme alguna golosina por allí cerca, Sibila, puesto que cuando me eché a caminar hacia el punto de autobuses me sentía reanimado. La agitación era menos intensa en las calles de esta parte de la ciudad; el tráfico había disminuido a pesar de la hora, las tiendas estaban cerradas y algunas tenían pedazos de madera clavados en las ventanas. En los portones de las casas enclavadas en terreno bajo había sacos de arena y piedras amontonadas sin orden. Llegué a la terminal de autobuses bastante sudoroso. Me extrañó el desierto que me encontré, ningún autobús a la vista y la gente apiñada en un rincón. La sala de espera sembrada de maletas y el despachador hamacándose tranquilamente en

87

una garita. Me sentí como si hubiera llegado al lugar más apartado del mundo; volvió a mí la sensación de que alguien había arrancado el cielo de su sitio, Sibila. Ya sabes que esa fue la percepción que mantuve durante las siguientes cuatro semanas. Volví la vista hacia arriba de manera involuntaria y, la verdad, no encontré nada concreto en lo alto; como una casa enorme a la que le faltara el techo. Sólo aquel agujero que se proyectaba inconmensurable. La percepción de pequeñez dentro de mí aumenta en un momento como ese, me sentí aplastado por aquella vastedad, expuesto a una presencia que excedía los mundos. No me quedó otro remedio, Sibila, doblé las rodillas y me dejé caer en el piso, exhausto. La presión que provenía del vacío encima de mi cabeza me machacó contra el suelo. Allí me quedé, revolviéndome, como si tuviera un gran dolor en el abdomen o un peso enorme en la mollera. A pesar de que había caído y estaba tendido en el suelo, nada se alteró en el ambiente desértico de la terminal, ninguno de los presentes hizo por acercarse; estaban tan pendientes de la llegada del autobús que no se fijaron en mí, Sibila. Debí de parecerles sólo un borracho más, un tipo risible que se revuelca en la tierra endurecida por el rodar de los autobuses. Sabes que en una situación como esa mi cuerpo se recluye en el ensueño, Sibila, busca amparo en la inconsciencia. Así que cerré los ojos lo mejor que pude y fui quedándome dormido. Ya iba a lograrlo cuando, de pronto, siento que alguien tira con fuerza de mi camisa.

Unas manos extrañamente blandas tratan de sacarme del suelo. Respingo, me defiendo, pero las manos tiran con ímpetu. En algún momento debí de abrir los ojos, es seguro, puesto que veo un rostro pegado al mío que se me hace familiar, Sibila, un rostro que en alguna oportunidad he visto. Lo miro y me mira de manera socarrona. Se trata de un tipo ordinario, la verdad, pero con unos ojos desenfocados y tristes. Eso sí, tiene pinta de hombre rudo, aunque del cuello para abajo parezca una mujer endeble. Su piel rojiza pertenece a otras latitudes, a un país sin sol o que no tiene mucho fuego y reflejo. De tanto verlo me acuerdo, Sibila, es el mismo individuo que en otra ocasión me ayudó a salir del desmayo. Sí, Sibila, te acuerdas de la vez que visitamos aquella casa ubicada en las entrañas del barrio Cabañas, allí donde fabricaban un aguardiente picante y venenoso, en la que vivía aquel tipo raro que nos obligó a despellejarle su chivo sacrificado. Esa vez terminé con mis huesos en medio del Bulevar del Sur y fueron los brazos de este mismo hombre los que me sacaron de allí. El individuo quiso sonreír, pero en ese instante llegó el autobús, se anunciaba tocando el claxon repetidamente. El hombre me soltó y empezó a alejarse. A unos metros de él todo era triste, Sibila, o vacío o fantástico. Pero no se marchó del todo, caminó hacia el portón de salida y luego se arrimó al poste del alumbrado y allí se quedó, de espaldas. Su fisionomía triste es la imagen más recurrente que tengo de los tiempos del huracán. Siempre estuvo allí, Sibila, revoloteando a mi alrededor, sacándome de apuros. No sabría explicar si se trataba de un ángel o de un demonio, pero él me acompañó después en la travesía a través de la inundación, y es seguro que le debo el hecho de seguir con vida.

Mucha gente se había lanzado contra la puerta del autobús nomás éste se quedó quieto. Hubo coces, puñetazos, empujones, y todo aquello que surge en el ser humano cuando se haya desesperado. Nadie hacía caso de nadie, es más, el mismo despachador alentaba el tumulto con sus gritos. Ya sabes, mi amor, estábamos en estado de emergencia y entonces todo se vale. Fui el último en abordar, mi mochila quedó entrampada en medio del pasillo, entre un sinnúmero de piernas lodosas y entumidas. Media hora después ya rodábamos fuera de la ciudad, Sibila, esquivando las corrientes de agua que asaltaban el Bulevar del Sur. Me enteré, por la conversación del chofer con otros pasajeros, de que el autobús ya no cubría por completo el recorrido que llevaba hasta el pueblo de mis padres, pero cuando le consulté, me prometió que si lograba sortear los peligros de la carretera, podría dejarme en un lugar cercano. Todo iba bien hasta que viramos hacia la carretera de Occidente y empezamos a subir las primeras barrancas del Merendón. El río Chamelecón crujía al fondo del precipicio y el motor del autobús lo imitaba. La lluvia había comenzado de nuevo, pero el calor adentro del autobús nos hacía transpirar mucho: tantos cuerpos apretados se encandilaban a más no poder. Yo iba medio dormido, cabeceando, Sibila, así que no me di cuenta cuando el autobús se detuvo de forma repentina. Me despertó la estridencia de la puerta al ser abierta de golpe. Alguien trataba de dar saltos en medio del pasillo, mientras el ayudante se abría camino con los codos. Oí gritos y sentí cómo la tierra se estremecía. Los pasajeros se daban aire con periódicos viejos, lo que aumentó la agitación. Un tipo que caminaba por la orilla de la carretera con una pala al hombro nos gritó que la montaña se había derrumbado más adelante y señaló con urgencia hacia el río. El conductor se quedó estático, vacilaba entre aporrear el timón o zapatear sobre los pedales. De pronto se le ocurrió encender la radio para ver qué era lo que sucedía. Lo primero que escuchamos fue una serie estúpida de fanfarrias, alguien quería lucirse en la estación sintonizada. Lo cierto es que presentaban un informe de última hora. Los expertos argüían que a partir de este momento el huracán se nos echaba encima con todo, admitían que su danza en el litoral había acabado, y que el último giro lo lanzaba directo hacia nuestras ciudades costeras. Todo el territorio nacional se encontraba amenazado por sus vientos de 290 kilómetros por hora. Varios niños empezaron a berrear a la vez eclipsando los consejos que daban las autoridades. Casi de inmediato un religioso que habían cogido de la multitud se puso a rezar en la radio, Sibila. Lo hacía de manera tan desesperada que unas mujeres rompieron a llorar. Pronto el autobús se llenó de gimoteos, de rezos y de maldiciones. Todos miraban hacia el río que lamía el precipicio rocoso con agresividad. Estábamos en medio de la nada y un vaho aceitoso empañaba los cristales de las ventanillas. No lo niego, Sibila, yo también entré en pánico, una especie de vacío arenoso se expandió entre el hueco de mis venas. Como si el miedo fuera un ser vivo, una cosa biliosa y granulada que reptara entre la sangre. Primero me recorrió el abdomen, luego bajó hacia la ingle y desembocó en los muslos; el cuerpo se aflojó debido a esa presencia rampante entre las piernas, pero en aquel espacio tan estrecho ya no hubo lugar para echarme al suelo. Me quedé colgado del tubo central, apuntalado en el respaldo duro de los asientos. La gente me zarandeaba sin piedad o pasaban sobre mis extremidades, la estampida había dado comienzo, aunque nadie osara cruzar la puerta todavía. Vacilaban, no sabían dónde estarían más seguros. Para acabar de amolarla, de pronto la lluvia reventó con fuerza en la lata del autobús, los que estaban en la puerta retrocedieron y algunos que habían bajado las ventanillas corrieron a cerrarlas. Entre el barullo de los pasajeros, la voz que rezaba volvía a escucharse con fuerza, los niños seguían llorando y las mujeres que los cargaban se unían al rezo. Era un verdadero manicomio, Sibila. Ruidos que te acuciaban desde todas partes y la carretera que se desgajaba poco a poco.

Volví a sentir que la tierra se estremecía, el autobús se balanceó, seguido de una serie feroz de aullidos. Los pasajeros percibían el vértigo del viento que doblaba los árboles de la orilla, la crudeza de la lluvia que reventaba en las ventanillas. Nunca en mi vida me he sentido tan angustiado, Sibila, como si el mundo se resquebrajara y tu cuerpo estuviera en medio, sosteniendo los fragmentos.

No pude soportar más aquel pandemónium, me solté del tubo, y fui dando tumbos por el pasillo. Es seguro que me patearon de nuevo, que más de alguno disparó sus codos contra mis costillas; la gente no tenía contemplaciones con un tipo que se movía como un borracho, que trataba de sacar su mochila de entre docenas de piernas agarrotadas.

Por fin logré saltar a la carretera, la lluvia era tan tupida que apenas se distinguían los objetos ubicados más allá de tres metros. Empecé a caminar sobre el asfalto mojado, cientos de vehículos estaban varados en ambos carriles con las luces encendidas. La mayoría trataba de retroceder, de abandonar con prisa aquel pedazo de carretera reblandecida; intentaban escapar del río que crujía abajo, evitar el rugido de los árboles que se retorcían como si saludaran. El agua también me ablandó el cerebro, lo sentí líquido y ya no supe qué hacer con él.

Entré en un agujero a partir de allí, Sibila, todo corre de manera vertiginosa y se hunde en un pantano de células. Me voy transformando en un espectro que hace el amor en una cama mullida y caliente, me elevo por encima de mi condición de primate. Es como si hubiera retrocedido al día en que me topé contigo, Sibila. Nos revolcamos en la cama con fruición, con esperanza. El mundo se ha recompuesto, es sólido y me da seguridad. Hasta estoy alegre y retozo como un muchachito, practico el coito con dulzura, desde diversas orientaciones y niveles.

Experimentamos un placer loco y fortificante. Después aparece el cansancio y el sueño verdadero que transforma las imágenes. El hombre que me saca siempre de apuros aparece, pero esta vez trae un cuchillo y su actitud es la de un matón a sueldo. Luego de un lapso enorme de vacío me despierto, mi amor. El hombre aquel se ha convertido en el gato y sus zarpazos despellejan tu pierna con encono. Después de defenderte de él usando el palo de la escoba me acuesto de nuevo, cierro los ojos y trato de reflexionar acerca de mi futuro. De tanto apretar los párpados descubro que me he trasladado a un tiempo indistinto. La lluvia me cae desde una altura muy cercana, como si las nubes se hubieran encogido. Pienso entonces de nuevo que debo encontrarte, Sibila, cueste lo que cueste. El amor pesa como plomo para ir tirando de él por toda la eternidad.

16

Salí de mi cuarto muy temprano, Sibila, en el pasillo me encontré con una pareja de vecinos que me vieron con sorpresa. Murmuraron algo acerca de Dorita que no pude entender. La administradora del edificio parecía estar en el otro lado del tiempo, en un sitio lejano, preservado de la furia del huracán, buscándome. La ciudad que me esperaba afuera ese día tenía una configuración distinta, la encontré doblegada, renga, como si la lluvia que había recibido durante la noche hubiera encorvado sus edificios. El humo había desaparecido de su horizonte y parecía más limpia, remozada, como envuelta en cristales luminosos. Varias avenidas eran verdaderos riachuelos y trozos de ramas y rocas de distintos tamaños obstaculizaban cada bocacalle. Encima de los techos había una franja de luz que fulguraba, pero más arriba de ese trecho transparente se cernía un colchón de nubes terrosas que resultaba amenazante. El cielo estaba en su sitio, enclavado en los brazos móviles del huracán, pero era tan denso que intimidaba. Llovía de manera lenta y las gotas que caían traían hasta el suelo la pesadez de ese cielo inhóspito. Más que gotas, semejaban partículas de aceite que resbalaban desde alguna abertura del universo, invisible al ojo humano. Era jueves, y el huracán estaba en su apogeo. Las pocas personas que se reunían en las calles cuchicheaban acerca de las noticias de la radio: ya se hablaba de poblados barridos por el ventisquero, de masas de lodo que se habían tragado buena parte de las cosechas de bananos y de maíz y de gente ahogada entre el barrizal. Cundía la desesperación, sólo que el ritmo lento de la ciudad parecía ponerle un velo a esas noticias. La situación que se pintaba en las calles era devastadora, Sibila, pero parecía ocurrir un poco más allá del alcance de la conciencia.

La idea me vino de pronto, como si saltara desde una voluntad doblegada por el pánico. Sí, mi amor, mi conciencia me pedía correr, alcanzar ese mundo que resquebrajaba el huracán. De repente sentí que tú también me lo pedías, lo exigías desde ese hueco labrado en las entrañas por el afecto. Salir al encuentro de aquella devastación que yo había ayudado a crear, según creía entonces. Además, no debía olvidarme de ti, Sibila; tú estabas en medio de aquella realidad arrasada, eras parte de esas sustancias orgánicas que se escurrían a través de la crecida de los ríos. Tú me llamabas, Sibila, desde cada intersección que dejaba atrás se prendía tu voz de fuego. Me urgías a seguir tus huellas, amor mío. Había una senda invisible trazada en medio del agua y de los escombros por la cual debía llegar hasta el amor. Entonces percibí tu olor a podredumbre, Sibila, aquel tufo milenario que emanaba de tus células envejecidas. Comprendí que provenías de las ruinas de una civilización gloriosa y que, por lo tanto, debía buscarte entre la destrucción. Una televisión encendida a todo volumen en la sala de una casa abierta a la calle me habló de la gran devastación que había en La Lima, de los estragos del río Chamelecón en los campos de banano, de las colonias bajo el agua donde la gente sobrevivía en los tejados. Si quería que el amor no me ahogara, o que la desesperación dejara de apabullarme, debía conducirme hacía aquellos sitios de muerte. Me sentía culpable, Sibila, no lo niego, una parte de aquella responsabilidad caía sobre mi conciencia.

Me dirigí hacia el Este, después de sortear algunas calles anegadas y los montículos de asfalto arrancados de cuajo por la corriente. Media hora más tarde desemboqué en la parábola que describe el Anillo Periférico antes de la nueva salida a La Lima, una ruta casi seca y libre de escombros. Viré a la izquierda aprovechando el semáforo que en ese momento guiñaba su luz verde e insignificante. Luego derivé hacia el Bulevar del Este que, a esa hora, semejaba una caída en el vacío, Sibila. Me afinqué en la mediana como un superhéroe de película y desde allí contemplé los vehículos que giraban a toda velocidad enredados en la luz oblicua de la mañana, trabados en sus propias estelas de chirridos. Me había echado a andar siguiendo la caravana de autos que abandonaban la ciudad a toda prisa; trataba de emparejar mi trote con sus recorridos imprecisos, pero de pronto, me fijé bien: el mundo se cuarteaba ante mis ojos, se fragmentaba irremediablemente. Como cuando estaba ante el libro que hablaba de ti, mi amor, cuando me absorbía hasta el fondo de sus páginas.

Otra vez era dueño de los acontecimientos, del espacio que les servía de marco referencial. Podía detener mi marcha, pararme en medio de la calle y decidir, con un simple chasquido de mis dedos, la suerte de aquellos armatostes de hierro que trajinaban en el asfalto con fuerza. El pequeño dios que hay dentro de mí caviló un poco y concluyó que era momento de jugar de nuevo. Yo podía recrear los hechos y sus consecuencias, o desbaratar las travesías de esos hombres anónimos que se creían libres del mal. Yo decidía adónde iría a parar su desesperación. Determiné, en un momento dado, que un taxi que se asomaba raudo desde la derecha, derrapara y fuera a estrellarse en la carrocería de un autobús repleto de pasajeros; deseé que un camión de refrescos virara donde era prohibido y se llevara de encuentro a una pequeña camioneta. Decidí que un pequeño autobús embistiera a una ambulancia, Sibila. Hice que... Todo creíble y limpiecito, sujeto al discurso de mi boca. Los demás vehículos fueron rápidamente acumulándose en medio del bulevar, como un botadero de hierro que reflejara la luz transparente de una mañana en el futuro. La onda expansiva que produjeron los choques múltiples me hizo salir proyectado hacia adelante, tenía todo el bulevar para mí solito. En un instante sentí que ya no tocaba el asfalto, que levitaba a unos centímetros del suelo. Corrí de esa manera toda la mañana, haciendo zigzag, saltando, arrastrándome, pero luego me detuvieron los escombros regados en la orilla, las personas que deambulaban en el arcén como zombis. Frené y sacudí mi cabeza para pensar bien.

Después de unos minutos pude darme cuenta de que, lo que yo llamaba escombros, Sibila, no eran más que las pertenencias de muchas familias arrimadas a la carretera debido al desbordamiento de los ríos en las tierras bajas del valle. Un poco más allá el agua había anegado el bulevar, así que desistí de seguir caminando. Estaba tan cansado que no me importó echarme en un trecho de hierba entre el fango. La humedad me alivió la espalda casi de inmediato. Tal vez dormí un poco, aunque luego vinieron a sacarme de allí a la fuerza. Recuerda, Sibila, que la gente tenía el corazón reblandecido, buscaban demostrar la solidaridad que le escocía las entrañas. Me llevaron hacia un catre de lona, alguien me esculcó, midió mis signos vitales y me hizo beber agua limpia. Me tenían lástima, Sibila. Me creían un hijo más del infortunio, alguien estragado por el huracán. Rápidamente se creó una historia para mí: yo provenía de alguno de los campos bananeros plantados al sur de la carretera, había perdido todo mi patrimonio y aquello me tenía abatido. No hablaba con nadie porque el peso de la tragedia me había disuelto el lenguaje. Escuché muchas veces la misma frase, miré la misma expresión en todos los rostros. Me llamaban hermano, amigo, colega, y estaban dispuestos a ayudarme en lo que fuera. Yo también me ablandé, Sibila, y aquel ablandamiento me condujo de nuevo hacia ti, amor mío. Deseé con ardor volver a encontrarte, estrechar mi cuerpo con el tuyo; quería que me ayudaras a rebajar mi infortunio, mi deseo. Ya para entonces me había tragado la historia que me habían creado y suspiraba por una casa que no había perdido o por las pertenencias que el río no se había llevado todavía. No sé si de manera voluntaria, pero mientras duró la crisis que produjo el huracán creí que había perdido algo material y valioso. Tal vez sí lo perdí, Sibila, tal vez tu amor no tenía nada de espiritual: era una cosa concreta que se sumergió en el lodo.

Más tarde alguien me dio una golosina y luego un refresco. Todo lo tragué de manera ávida; después me dormí, Sibila. En ese sueño que me sobrevino tú te apareciste muchas veces y me tocaste las mejillas y me esculcaste. La noche fue brumosa, llovió mucho y hubo mucha agitación en el entorno, pero lo único que recuerdo es el ulular de una sirena que chillaba cuando estaba a punto de perder los sentidos.

17

También Dorita había iniciado su peregrinación, Sibila. Cuando volvió al edificio después de un día completo de andar al garete y no encontró algunas de mis pertenencias, se asustó más. Su angustia se transformó en pánico al contemplar la enorme soledad de mi cuarto. Mis padres se habían vuelto insistentes con sus llamadas y le rogaban que no detuviera su búsqueda, mandarían dinero para financiar su peregrinación, si era necesario, pero no prometían presentarse ellos mismos a ayudar, puesto que habían quedado varados en la aldea y lidiaban con las crecidas que echaban a perder la cosecha de café. Juraron recompensar sus esfuerzos. Dorita no requería de sus promesas, estaba segura de lo que sentía por mí y pensaba que su sacrificio me atraería irremediablemente hacia sus brazos. Los lugares a los que yo podría ir se contaban con los dedos de las manos, creía ella, pero la agitación del huracán abría muchas posibilidades de terminar en otros sitios. Alguien que ha perdido la cabeza, así creía ella, Sibila, puede ir a cualquier parte.

Es seguro que volvió a salir a la mañana siguiente. La administración del edificio ya no le importaba, aunque sus jefes le instaban a permanecer en su lugar. Visitó la tiendita de los licuados para asegurarse, y fue a preguntar al hospital. Está claro que le mintieron, no iban a aceptar que nos echaron sin remisión. También se había dado una vuelta por el edificio de la morgue, por si acaso, y asomó su cara destemplada en varias postas policiales. Después debió errar por las calles menos transitadas, abandonándose a la suerte. Sus zapatos se despedazaron en aquellas caminatas obstinadas; debió de abandonarlos en alguna orilla sucia. De repente había perdido también la razón, sus ojos mostraban algo de la indecencia de la locura. Sentía el huracán cayéndole encima y ya no hacía por quitarse de en medio. Es probable que la tarde de ese día consiguiera una pista, minúscula, pero ya era algo. Alguien le sopló que yo había intentado ir hacia mi pueblo, Sibila. Se alegró, pero en vez de ir hacia la terminal de buses y averiguar los horarios de las salidas, se decidió a intentar, creo yo, la travesía a pie. O tal vez sí hizo las debidas averiguaciones, pero se dio cuenta de que ningún autobús salía ya de la ciudad, por eso creyó que podía tomar un atajo hacia la carretera de Occidente y luego pedir jalón hasta mi pueblo. Aquello es muy poco probable, pero no hay otra explicación para la ruta que siguió. Debió de caminar a la deriva y alcanzar el Bulevar del Sur cuando ya anochecía. La densidad de la tormenta le impidió ver la enorme corriente que se había formado en el empalme del bulevar con el Segundo Anillo. El Merendón había arrojado sus principales afluentes hacia ese costado de la ciudad y la salida estaba cortada por un río artificial. Algunos camiones y vehículos de doble tracción cruzaban el trecho inundado, a trompicones, pero para una persona a pie era muy arriesgado. Ella no oyó las alertas que le dieron, no quiero pensar que las desdeñó, que se trataba de un ardid de su mente para entrar sin complicaciones al hospital, a buscarme, Sibila. Lo cierto es que se introdujo poco a poco en la corriente. Algunos testigos aseguran que se arremangó el vestido, otros que caminó firme sin mirar hacia los costados. Yo no creo a ninguno, Sibila. Dorita tenía una forma obtusa de caminar, levantando las piernas como una gallina. Lo cierto es que se introdujo lentamente y resistió hasta casi alcanzar el centro de la riada. Luego se detuvo y extendió las manos como si quisiera dividir las aguas. O tal vez se dio cuenta en ese instante de que el suelo que tenía bajo los pies echaba a andar de prisa, que se movía como una banda transportadora. Sintió que el agua que bajaba golpeaba su cadera con demasiada insistencia. Se encontraba atrapada entre dos fuerzas que tiraban en direcciones opuestas: el suelo que arrastraba sus pies hacia el Este y la corriente que tiraba de su cadera hacia el Oeste. Poco a poco sintió que su cuerpo se convertía en un guiñapo, un fragmento de hueso que se hundía en una sustancia terrosa. Las piedras que arrastraba el agua ya no le golpeaban los tobillos, pasaban a chicotearle la espalda. Sus ojos miraban cientos de imágenes a la vez, todas incompletas, que cambiaban de manera vertiginosa. Lo único persistente eran los gritos de los testigos, pero como se hundían en el agua oscura, ella los escuchaba como leves golpes de la marea. De pronto se sintió transportada, lanzada con ímpetu hacia arriba. Su boca se le llenó de gránulos, al mismo tiempo que se le hincharon los pulmones. Avanzaba suavecito o así lo sentía, aunque de vez en cuando se sentía rotar y volver atraída hacia el fondo. Su cabeza tocó dos veces una superficie ríspida en la que rebotó, luego todo fue más oscuro y vertiginoso. Con la cabeza rota y sangrante recuperó otras sensaciones, como las que sugerían un filo de púas introduciéndose en su vientre. Entonces comenzó a defenderse, su cuerpo se ovilló y las manos tantearon en el vacío, cortaban el agua porque sabía que debía aferrarse a algo. Sus dedos tomaban objetos gelatinosos que se disolvían al apretarlos; en vez de frenarla, aquella fuerza que aplicaba en los brazos la empujaba hacia el fondo. Su pecho colapsó y un enorme sorbo de agua taponó su garganta. Se ahogaba, y sus fosas nasales introducían más líquidos de los que podían contener sus pulmones. Cuando ya iba a perder el conocimiento, su cuerpo dio un giro abrupto sobre su propio eje y se precipitó en una cascada. Fue una caída limpia, pero tenebrosa. Siguió deslizándose conforme la inclinación del suelo unos segundos más y luego se sumergió en una especie de foso. Allí permaneció, Sibila, por espacio de una hora, enredada entre una maraña de raíces, basura y cables del tendido eléctrico desprendidos. Ese remanso la salvó, la sacó a flote. Después las mismas ondas de la corriente la llevaron a la orilla. No sé cómo pudo aferrarse a las hierbas y abandonar el agua poco a poco. Lo cierto es que una hora exacta más adelante fue localizada por los bomberos. Ellos se encargaron de trasladarla en una ambulancia hacia el hospital. Ahora ya era parte de los estragos del huracán y nadie le podría negar la atención médica.

18

Desperté sin saber dónde me encontraba, rodeado de automóviles estacionados; había carpas de lona de colores y casitas para acampar regadas por toda la orilla de la carretera. No recordaba haberme dormido en un sitio tan concurrido y triste. Montañas de objetos desparramados alrededor de las carpas o pegados a las llantas de los vehículos formaban vallados junto a cunas de niños dormidos. Los perros y los gatos pasaban encima de uno, Sibila, sacudiéndose el agua. Durante la noche, los espacios vacíos se habían llenado de familias enteras que huían de las embestidas de los ríos Chamelecón y Ulúa. El lado derecho de la carretera semejaba un estanque y el agua del color del chocolate resbalaba sin ruido entre los sembradíos de plátano. Las mujeres trataban de encender fuegos en medio de la hierba, mientras los hombres se arremolinaban en torno a una res degollada. Todo parecía tan anormal que costaba habituar los ojos. Un mundo desmontado, convertido en escombros, en montículos de plástico, era lo que me rodeaba. Me enteré luego de que la res había quedado varada en un trecho de tierra en medio de la crecida y que durante la noche los hombres la habían tenido que sacrificar. Esa era la ley que se había impuesto en aquel campamento improvisado: todo lo que arrastrara el río y pudiera rescatarse pertenecería a las personas que lograran hacerse de ellas.

Debido a esa convención, había muchos individuos que se aventuraban más allá del borde del agua y esperaban ansiosos el paso de la crecida, como garzas sobre la corriente, Sibila. En cuanto logré sacudirme la pereza y atenuar un poco el dolor del cuello con masajes circulares, me uní al grupo que destripaba al animal. Los que podían, arrancaban pedazos con unos cuchillos no aptos para rebanar carne; la escena era bastante irreal y salvaje.

Más tarde se hizo el alboroto, aparecieron unos reporteros de un canal de televisión que conducían sus cámaras sobre una lancha de motor. Habían tratado de llegar hasta los barrios más bajos de La Lima y El Progreso, dijeron, sin resultado. Pero contaban historias, Sibila. Decían que la gente pedía auxilio desde los techos de sus casas. Contaron de un hombre al que habían visto flotando a la deriva sosteniendo por encima del agua a su esposa y a su pequeño hijo en un neumático a medio inflar; contaron de una pandilla de muchachos aviesos resistiendo la fuerza del río aferrados a los troncos de árboles con sus cinturones; hablaron de una campesina miserable que le disputaba el pequeñísimo espacio seco que había alrededor de su casucha a una enorme serpiente. Pero lo que más me impactó fue que se refirieron a ti, Sibila. Te habían columbrado en medio del fangal rescatando a una familia de entre las ruinas de su casa. Según ellos, no se trataba de una mujer ordinaria, había exotismo en tu persona. Te describían con los rasgos de una bruja, con amplios poderes, tan maravillosos que eras capaz de desafiar la fuerza de la riada. Se habían enterado de tu participación en muchos rescates asombrosos. Sabían que vagabas por los caseríos perdidos ayudando a los que habían quedado incomunicados. Los bomberos de La Lima les habían relatado una historia muy confusa, Sibila, en la que afirmaban haber sido testigos de tu fuerza descomunal. Les habían pedido publicar avisos de tus hazañas en sus próximos despachos de prensa. Aparentemente, sin ayuda de nadie, sacaste a flote a un par de niños que se llevaba la corriente. El asunto era que, para hacerlo, tuviste que nadar unos cincuenta metros entre torbellinos de agua lodosa. Parecías contener la fuerza de un gigante y aguantar la respiración como un pez. Aquella aventura halló eco en el grupo que se había reunido a escuchar. Dijeron que mucha gente ya había oído hablar de la mujer que desafiaba al río. Pero nadie se ponía de acuerdo en señalar de quién se trataba, unos creían que eras un ángel enviado por Dios, pero otros pensaban que era la obra del demonio. La mujer que los reporteros habían visto estaba tan llena de lodo que no supieron distinguir si era de este mundo o del otro. La gente temía a aquella mujer, aunque ella les ayudara a escapar de la muerte.

La leyenda se había creado, Sibila, y se imponía en los corazones de estas personas conmovidas por la tragedia. Se contaron más proezas tuyas, tantas, que ya no las recuerdo todas. Entonces vi en ello un mensaje, Sibila. Tratabas de comunicarte conmigo, querías que yo imitara tu proceder. Yo, que me escudaba en el ensueño para evadir la realidad, que atenazaba los hechos y luego me olvidaba de hacerlos funcionar en su orden respectivo. El corazón empezó a dolerme, como si alguien lo tuviera apretado con su puño y lo exprimiera con fuerza. El jugo que brotaba al escurrirse se parecía al amor; al amor que duele por imposible, el que ha nacido de un dolor muy profundo. Recuerda que los sentimientos humanos son el resultado de la actividad de un segmento de la razón, pero que al contagiarse por nuestras afecciones espirituales se vuelven artificio, tanto así que los órganos capaces de contenerlo o reprimirlo terminan abrumados por su furor. Pero el sentimiento que yo abrigaba en ese momento no había nacido del cerebro, ni provenía del arrepentimiento, tampoco de la contrición de un alma que se sentía impotente. Te amaba porque no había otra manera de parar ese chorro de sustancias químicas que acompañaban mi desesperación infinita, porque… Sí, Sibila, esa parte insomne de mi espíritu, conturbada, hosca, empezó a amarte de manera desbocada, como si eso bastara para detener el ímpetu del corazón azorado por el miedo a la muerte. Embriagado por ese amor, me sentí pequeño; inútil y pequeño como un niño.

Fue aquel afecto intensificado por el delirio el que me arrancó de allí. Me bebí un plato de sopa de res recién salido del caldero y salí disparado, sin saber adónde. Sólo sabía que tenía que unirme a tu cruzada fantástica y piadosa, Sibila; buscar doblegar entre tus brazos ese dolor que me laceraba los tejidos internos. Caminé a la orilla de la carretera, esquivando a los militares que habían colocado retenes en los lugares secos y elevados. Un kilómetro después del aeropuerto la carretera estaba inundada por completo, tratar de cruzarla sería una tarea imposible. La rodeé internándome por un sendero de grava y seguí la ladera de un cerro pelado, luego llegué a un vado arenoso y, a través de él, volví a la carretera de asfalto. Caminé un trecho largo y luego tuve que dejarla otra vez; así anduve, hasta que me perdí. No era que me hubiera desviado mucho de la ruta hacia El Progreso, pero desconocía el paisaje de tan cambiado que estaba por la inundación. El terreno al que llegué estaba lodoso y lleno de pastizales, pero como era muy inclinado, el agua no lo había anegado por completo. Un brazo del río corría por la derecha a través de un canal improvisado entre las plantaciones. Más allá tronaba el verdadero cauce del Chamelecón, con furia. Seguí caminando hasta donde los matorrales estaban tronchados y formaban una alfombra gruesa. De repente, empecé a hundirme, me costaba sacar los zapatos del suelo esponjoso. En un momento dado ya no pude dar un paso más, estaba clavado en el fangal. Y entonces te vi, Sibila, a lo lejos, pasaste rápido, te miré remontar una parte de la corriente, luchar contra un tronco que impedía el fluir del caudal. Después no sé lo que me pasa, creo que me pongo a llorar, Sibila, o tal vez sólo sea que ha empezado a llover y las gotas me anegan los ojos. Quiero volver a andar, seguir tus pasos por la amplia ribera del río, tarea imposible para un muchacho que no ha comido bien los últimos días, que está enfermo, desesperado, y que, de paso, se ha enamorado de una mujer irreal que corre siempre adelante. Pero luego, de entre la lluvia, surgen unas manos grandes y vigorosas que me sostienen y tiran de mí. No puedo ver la cara del buen samaritano que me ayuda debido a la intensidad de las gotas; sólo percibo sus brazos que me izan con fuerza.

Pronto me encuentro libre y empiezo a caminar de nuevo. Veo siluetas que brotan de todos los rincones, cada uno sigue una dirección distinta; si no los sintiera respirar, diría que se trataba de zombis. Lueguito me producen miedo, corro hacia donde te he visto pasar. Después tropiezo, Sibila, y me caigo. Es reconfortante estar tirado en el lodo y que la lluvia te caiga directo a los ojos. Pienso que puedo quedarme allí para siempre o dejar que el río me arrastre hasta el infinito. Cuando tiento en busca de algo a qué aferrarme me doy cuenta de que junto a mí hay un cuerpo humano: frío y endurecido, semienterrado entre la maleza. Me había tropezado con un muerto y no me había fijado, Sibila. Miro en todas direcciones y veo más cadáveres, el campo está lleno de ellos. Sus cabellos están tan enmarañados que es imposible verles los ojos, algunos no tienen ropa o sólo unas piezas sueltas. Los cruzan hojas y ramas por todos lados, pero no se ven heridas en la piel. Me levanto de un salto y trato de huir de allí. Me dirijo a la parte más seca del terreno, que es precisamente la zona más próxima al río. Como la lluvia no me deja ver más allá de los cinco metros, no distingo al hombre que viene a mi encuentro, tampoco el garrote que sostiene en sus manos. El golpe debió de darme de lleno en la frente, siento el escozor y lo calientito de la sangre, la piel que se expande y se endurece con la hinchazón.

Nunca perdí el conocimiento del todo, Sibila; aunque no alcanzaba a distinguir lo que sucedía, estaba claro que sustraían mis pertenencias: unos miserables lempiras de la cartera, el reloj de pulsera de plástico y los zapatos. El tipo me zarandeaba en busca de más objetos de valor, pero cuando se dio cuenta de que no tenía otra cosa, me dio un golpe con su garrote en la cabeza y me haló hacia el agua. Trata de enderezarme y luego me empuja. Caigo en la corriente, Sibila, sigo cayendo por un tiempo indefinido. Quizá ya esté en el agua, acodado entre la maraña de raíces peladas y las rocas, pero en esa realidad paralela que crea mi conciencia continúo desplomándome, lentamente, y voy a seguir cayendo hasta que ese hoyo inexpugnable se cierre sobre mí.

Un precipicio se abre ante mis ojos cada vez que rememoro los hechos de aquel día, Sibila. Mientras caigo, en mis ojos se hace de día y de noche a la vez, de forma alterna y precipitada. La naturaleza que tengo a mi alrededor cambia con cada parpadeo, se encoge, me atrapa, me suelta, se expande, bulle. De pronto, siento que el agua se acerca, que mueve mi torso, que me alza. Percibo el burbujear de la corriente, las formas diversas que tropiezan conmigo en su camino. A veces me hundo y todo se vuelve claro, pero luego floto y la oscuridad se instala a mi alrededor. No sé cuánto tiempo pasó, Sibila, pero aquel fluir de la corriente me provocaba arcadas, como si me tragara el planeta o el universo entero. Me ahogaba, Sibila, y los fluidos que debían alentar mi fuerza motriz no se despertaban. Moría sin luchar. La muerte me oprimía y yo sentía su fuerza desmedida en los músculos que se encogían.

En algún momento choqué contra una roca y la sensación de ir cayendo se detuvo; percibí entonces lo concreto de la muerte, cómo los minerales se comunicaban de un cuerpo al otro. Fue horrible porque entonces empezó el verdadero dolor, el que te abre los poros de par en par y te mete ácido en ellos. La muerte entraba en mi organismo, me traspasaba las células, y yo sentía que los pulmones y el estómago estaban en mi boca y me impedían respirar. El cuerpo se hinchaba y aparecían fisuras en los tejidos, por ellas escapaba el oxígeno que necesitaba mi cerebro. Me tapé la boca y expulsé dióxido de carbono con decisión, mi abdomen se contrajo de tal forma que las vértebras tronaron como si fueran a romperse. Me sentí lanzado hacia adelante, pero logré aferrarme a la roca con mi último aliento; el planeta rodó conmigo hacia una caída vertiginosa, luego todo se detuvo y se hizo la más terrible oscuridad.

Mi cuerpo ya no se movió más, aunque todo a mi alrededor parecía deslizarse por debajo. Alguien me arrancaba de los brazos del río y me cargaba por encima de su cabeza, Sibila, sus labios eran fuelles en mi boca, y grandes borbotones de aire llenaban cada rincón de mi cuerpo. Sé que eras tú, mi vida, lo intuí, lo supe. La mujer malvada volvía de su muerte de siglos y traía consigo la resurrección de los espíritus, el hálito de la vida. Entonces desfallezco de verdad, Sibila, y ya no me doy cuenta de qué manera llego a aquella escuela que habían preparado para que sirviera de refugio a los damnificados.

19

La escuela dónde desperté estaba ruinosa y sucia. Tal vez no se trate de que desperté, porque nunca estuve dormido, sólo fue que mi cabeza se ancló a algo, dejó de ir a la deriva. Abrí los ojos y me pellizqué para constatar que estaba vivo. Antes de abrir los ojos, una voz tintineante que provenía de una radio encendida trató de horadar mi conciencia. Se metía y me dejaba varios significados, luego volaba y yo la sentía abandonarme. Era la voz del huracán que seguía trayendo desventuras. Al unir esos significados me di cuenta de que los muertos ya se contaban por millares, que las pérdidas eran incalculables y que los delegados del Gobierno tiraban manotadas en todas direcciones. Uno de los hombres fuertes de la capital había terminado aplastado cuando el viento volcó el helicóptero en que supervisaba los destrozos. En la radio, los ministros exigían ayuda al mundo. Muchos gobernantes amigos ya acercaban sus barcos a los puertos del litoral. La desbandada en la zona norte era irremediable. La escuela resultaba rebasada. Yo estaba en un rincón con mi antebrazo atado a la bolsa de suero, alrededor había más colchones con hombres que se desperezaban, tal vez estaban enfermos o borrachos. En aquella aula de clases atestada, todos conversaban en voz alta, Sibila, con furia, como si los hubieran arrancado de un sitio muy preciado y eso los tuviera irritados.

Un tipo gordo, recostado en la puerta, fumaba con fruición mientras lanzaba preguntas al que quisiera oírle. Quería irme de allí, pero la manguera en mi antebrazo me halaba. La verdad es que no me sentía enfermo, sólo un poco débil y mareado, como si todavía fuera transportado por el agua. Inmediatamente mis pensamientos fluyeron hacia ti, Sibila. Me habías salvado de la correntada, era seguro, y debía estar agradecido. Pensar eso intensificaba mis sentimientos, dentro de mí se movía una cosa monstruosa que se sobreponía al dolor. Sibila, el amor era un órgano más en el funcionamiento de mi cuerpo, se había solidificado dentro de las células, era materia dura. También pensé en mis padres, en Dorita, en seres cercanos afectivamente, tanto de la universidad como del barrio, pero había un abismo entre lo que sentía por cada uno de ellos. El sentimiento que había desarrollado por ti no dejaba cabida a otro tipo de sensaciones, era egoísta y cruel, como un hongo venenoso que inhibía el crecimiento de otras plantas a su alrededor. Entonces comprendí la verdadera naturaleza del amor humano, su condición antinatural. La materia del amor se cimienta en la violencia, en el puro egoísmo; una creación de los jugos cerebrales que se relaciona con el placer, pero también con el poder. A los humanos nos costó una buena cantidad de siglos desarrollarlo en el cerebro e imponérselo a los nervios, pero existía una sección indeterminada del alma que aún lo rechazaba, que lo consideraba una intromisión absurda. Por eso se sufre tanto con él cuando consigue correspondencia o cuando es rechazado, por eso lo relacionamos siempre con la locura o la falta de valor. Los humanos no estamos hechos para emociones espirituales profundas, sobre todo si están allí para emparentarnos con otros humanos; al contrario, nuestra naturaleza rechaza los acercamientos, la conjunción de estados de ánimo, la aceptación, la entrega desinteresada. Si en alguna etapa de nuestra evolución optamos por la manada, no fue porque entendiéramos del todo la benevolencia del corazón de los otros, sus sentimientos; se debió, más bien, al hecho de que nos convenía cazar en grupo. Yo pensaba eso, Sibila, mientras continuaba enamorándome de ti y sentía la urgencia de encontrarte. Aquella misma artificiosidad me llevaba a desearte con locura.

En algún momento de la mañana vinieron a interrumpir mis pensamientos. Había apremio en la escuela, el presidente del país llegaba a verificar las condiciones de los refugiados. Debíamos ponernos optimistas. Una hora antes nos dieron un plato de comida a rebosar y nos cambiaron las cobijas sucias con las que estaban cubiertas los colchones en los que dormíamos. Mientras comíamos, un doctor con cara destemplada se puso a revisarnos. Su fragancia embriagaba; como casi siempre se detenía a resoplar, a uno le daban ganas de escupirlo, Sibila. Cuando se armó el revuelo por la llegada del presidente, yo cerré los ojos y fingí dormir, no quería que me restregara en la cara su humor. Pero no pude evitar sentir los *flashes* de las cámaras y la repugnancia de los ministros que lo acompañaban, sobre todo cuando se acercaban a los colchones hediondos. Entreví, de alguna manera espiritual, creo, los rostros de mis compañeros de infortunio cambiando de expresión, como si quisieran que aquel hombre joven y optimista los recordara por siempre a través de sus gestos artificiosos. Después de unos minutos en los que todo se iluminó, volvió la normalidad, siguieron los gemidos, las pedorreras, y las punzadas fatalistas en el corazón. La escuela fue ese lugar sucio y casi en ruinas y la tragedia volvió a instalarse en la conciencia comunal.

Tanta normalidad me hizo caer en el ensueño de nuevo, tenía los ojos tallados en sangre y la mitad de mi cerebro noqueado. Y, aunque sólo percibía retazos de la realidad adyacente, pude darme cuenta de que me trasladaban de sitio. Se percataron, tal vez, de que yo era un intruso en aquella escuela, Sibila, que ocupaba el puesto de otras personas que sí habían perdido algo con el huracán. Se me notaba en la cara que estaba de más, que no era digno de recibir las mismas consideraciones reservadas a las víctimas verdaderas. Ya desde el momento de despertarme había sentido el rechazo unánime. Era seguro que todos se conocían, procedían de las mismas aldeas cercanas, pero conmigo no sucedía lo mismo; además, mi cara pasmosa e idiota no daba para convencer a nadie, no testimoniaba ninguna pérdida material.

Me llevaron a un lugar apartado, entre las cocinas improvisadas y los sanitarios. Olía a una infusión de manteca recalentada y heces recientes. Cada vez que alguno tiraba de la cadena, el hedor aumentaba y mi colchoneta parecía inundarse con aquello que transportaba el agua del tanque. Toda esa tarde llovió, lo que, de alguna manera, me ayudó a soportar el trajín de los sanitarios. Creo que después me afiebré y que me aplicaron antibióticos, también pienso que alguien me dio de comer con una cucharilla.

Todo es confuso a partir de aquel momento, incluso la variedad de voces que me llegaban desde muchos radios encendidos a la vez. Creo poder rescatar algunos datos de esas voces, Sibila, aunque ya no sirva para nada. Por ejemplo, los regüeldos de un individuo que, entre letanías apresuradas, suplica la solidaridad mundial; la voz de otro que acusa a un tercero de no mover un dedo para ayudar a sus compatriotas; y las frases de uno más que echa maldiciones anticipadas a todos los que intentaran robarse las ayudas que vinieran del exterior. Tantas voces juntas aumentan mi desazón, comprimen mis neuronas contra el hueso. Muy pronto me encuentro debatiéndome en la febrilidad, con un dolor de cabeza del demonio.

Hay un trecho de tiempo que no existe, Sibila, a partir de allí, mi cuerpo debió saltárselo o la fiebre lo suprimió. Lo cierto es que después de las tres de la tarde de aquel viernes todo se apaga dentro de mí, incluso el sufrimiento impuesto por las infecciones. No hay sueño, ni imágenes, ni dolor o sentimientos, nada, ni siquiera la sensación de haber vegetado en una cama. Por eso cuando despierto en la madrugada es como si mirara las cosas después de haber parpadeado sólo un segundo. Siento como si hace una milésima de tiempo hubiera bajado a la oscuridad, lo que tardan los párpados en caer. La fiebre me tiene crispado y en el fondo de mi abdomen me pellizcan hormigas rabiosas. Siento cómo los intestinos se desenrollan poco a poco y me hinchan el vientre. El dolor es tan agudo que me quejo fuerte, pero nadie acude en mi ayuda. Estoy solo, me figuro, en lo que parece ser una enramada al aire libre. Frente a mi lecho se alza la base de cemento que sostiene la canasta de baloncesto, lúgubre en su encorvamiento. En minutos el dolor se incrementa, ya no puedo sostener aquella masa orgánica que se desliza por mis intestinos con fuerza. Logro ponerme en pie, Sibila, estirar esos músculos encogidos por la temperatura. Allí voy, tanteando en la oscuridad, tropezando con diversos objetos amontonados. Entiendo que de esa manera no podré encontrar el sanitario a tiempo, así que me desvío hacia lo que parece ser la cancha de fútbol. Pronto mis pies topan con la grama mojada, Sibila. Me dirijo hacia donde la oscuridad está más acentuada, hay setos recortados que me impiden avanzar más allá. Me dejo caer en el suelo, pero luego los escalofríos son tan potentes que me obligan a incorporarme. Entonces mi estómago estalla, Sibila, como si la enorme presión hiciera saltar sus goznes. Apenas tengo tiempo de soltar el cinturón y deslizar los pantalones. Una y otra vez se produce la desbandada de la mierda. Es cuestión de empezar a chorrear para que el ambiente vuelva a tomar vida. Se escuchan toses y esputos en ciernes, maldiciones y amenazas. Cerca de donde me hallo acuchillado hay más enramadas y gente durmiendo. Se prenden luces y se apagan, hay un movimiento inusual en el portón de entrada a la cancha. Mi estómago continúa expulsando lo que lo constriñe, estoy cerca de veinte minutos en cuclillas, soportando el dolor en las rodillas. Temo levantarme y luego tener que dejarme caer. Es hasta el momento en que alguien me pone un rollo de luz en la cara que consigo mover las piernas. Siento un gran alivio, tanto, que ya no me da vergüenza dirigirme semidesnudo hacia la pileta de agua.

Me aseo lo mejor que puedo, pero ya no quiero volver a mi lugar. Sé que caerían muchas amenazas sobre mí, así que me largo hacia el pequeño muro que separa la escuela de las otras casas de la población. Un montículo de papel y trastos viejos me permite escalarlo. Me acomodo en la cima del muro a sentir el viento tibio de la madrugada. Un mundo apacible pero hosco me llega con cada inhalación, un mundo dormido pero crepitante de amenazas. Si se pone atención o se deja de respirar se escucha el río, Sibila, violento y rumoroso. De nuevo me dejo habitar por esa realidad absurda de los sueños, cabeceo, precipitándome en las sombras, y no me doy cuenta cuando me desprendo del muro. Dos metros de caída libre en un terreno húmedo, con una alfombra de cartón y papeles viejos. Es el botadero de la escuela, tal vez. Cuando me incorporo, te miro, Sibila. La hija de los Inmortales cruza entre los árboles, por un sendero de grava. Grito, te llamo con todo lo que dan mis pulmones debilitados. No te detienes, sigues avanzando de prisa, aunque en un momento dado me haces un gesto extraño con la mano derecha. Me pides que te siga, amor mío, lo entiendo, quieres mostrarme la desolación del mundo o la ira de los dioses. O tal vez sólo tratabas de demostrarme la imposibilidad de los sentimientos humanos.

Comienzo a correr con determinación, salto entre los pedruscos y los charcos. De verdad que allí fue cuando empezó lo interesante de esta historia, Sibila, aquello que sólo nos concierne a ti y a mí, el principio del fin, pues. No me di cuenta del otro individuo que entonces se puso a perseguirme, Sibila, hasta que había corrido unos dos kilómetros. ¿Quién era, qué tenía que ver con nosotros, mi amor? Nunca quisiste aclararme eso, pero yo entendía que se trataba de un ser relacionado en algo con tu origen. El tipo raro y oscuro que persigue a los enamorados para salvarlos del fuego eterno. Tal vez era el guardián que los dioses te destinaron, o alguien que también estaba enamorado de ti desde el principio de los tiempos. En el futuro se escamotearía de mi memoria, se evaporaría, como todas las cosas que ocurrieron ese año.

20

Dorita vuelve en sí. Le arden las piernas y el pecho, alrededor de la cabeza tiene una venda manchada de sangre. La venda le estorba para abrir los ojos, pero sabe que se encuentra en el hospital. La camilla es dura y hace frío, miles de olores le revuelven el estómago. La bata de color verde con la que la han vestido le llega hasta los tobillos, Sibila, pero como es ancha y abombada, el aire helado penetra hasta su piel con facilidad. Prácticamente está desnuda, la bata sobrevuela alrededor de su cuerpo y le deja la sensación de vulnerabilidad. Ha perdido la noción del tiempo. Recuerda sólo fragmentos de cosas, imágenes troceadas que no tienen un significado concreto. Las voces alrededor de ella parecen surgir del techo, son como papel que se estruja, poseen un tono crujiente. Tiene mucha sed y el escozor en los dedos de los pies aumenta conforme recupera los sentidos. Las voces siguen llegándole de manera intermitente, lo mismo que más imágenes truncas. Es seguro, Sibila, que en un momento dado comprende que abrir los ojos no tiene sentido, así que más bien trata de mantener los párpados apretados. La fuerza aplicada contra el globo ocular produce deslumbramientos fugaces en el interior de sus pupilas. Dorita sabe que aquellos destellos son producto de reacciones violentas en su nervio óptico. Se entrega a aquel juego que le satisface, no advierte el revuelo que produce la entrada de más camillas a su sección, la prisa con que las enfermeras escriben en sus carpetas. Solamente cuando se cansa de ver en la oscuridad es que vuelve a concentrarse en el medio que la rodea. Ya no hay voces, sólo el continuo rodar de las camillas y los pasos sigilosos. Su camilla también se mueve en algún momento. Es como si todo girara y fuera colina abajo, como si aún fuera arrastrada por la corriente. La sensación de ir cayendo la lleva a pensar en mí, Sibila. Su memoria realiza asociaciones insólitas que le permiten rescatar mi imagen del revoltijo de ideas que se disputan su cabeza. Entiende entonces que llegó al hospital en persecución de un objetivo y que, en el centro de ese propósito, me encuentro yo, o el sentimiento que me representa ante ella. ¿Entiendes, ahora, Sibila, la fuerza con que esa mujer me amaba, el empuje de sus afectos?

Dorita extrae mi imagen del desorden en que se debate su conciencia, pero como tiene los ojos cerrados, no recupera mi imagen real, sino una sombra. Y la sombra, al igual que ella, tiene los ojos cerrados y está postrada en una camilla. Tal vez entonces me creyó muerto, Sibila, porque se asustó. De inmediato abre los ojos y respira, una bocanada tan fuerte que el individuo de la camilla cercana a la de ella se le queda viendo con sorpresa. Cinco segundos después le preguntará qué le pasa. Nada, dirá Dorita y tratará de darle la espalda. Sé que se encuentra ofuscada por algo, replicará el individuo, a todos nos tiene así este maldito huracán. Ah, contestará de mala gana. Ya se dio cuenta de cuántos muertos hay, seguirá hablando el individuo, el Gobierno perdió la cuenta, las cifras son aproximadas. No me interesa, contestará, Dorita, casi en susurros. Bueno, a mí tampoco, pero me preocupa su salud, se ve que anda cargando mucho dolor. Qué le importa, déjeme en paz, gritará Dorita. Los dos sabemos que miente, Sibila, que le importan las noticias del huracán, sobre todo porque me cree en medio de su furia. Mire, persistirá el individuo, yo puedo ayudarla, estoy fingiendo para que no me echen del hospital. Es bueno estar donde se concentra lo mejor de los recursos, en los lugares donde la gente viene a descargar su miserable egoísmo, así uno puede aprovecharse de que las personas tienen el corazón en el puro cuero. Déjeme en paz, repitió Dorita, pero ya sin determinación, Sibila; cedía ante aquella voz que le ofrecía un chorrito de esperanza. Luego de unos minutos de silencio, ella se atrevió a explicarle: tengo un amigo que ha desaparecido, me urge encontrarlo. Ya ve cómo nos vamos entendiendo, señaló el hombre. Tal vez eso era lo que necesitaba escuchar, porque se incorporó y tocó el antebrazo de Dorita. Sentirse acariciada la instó a pensar en la imposibilidad de que hubiera un hombre en aquella sala atestada de mujeres, pero al mirar a su alrededor constató que había otros más ocupando las camillas. Pensó que el huracán había rebasado la capacidad del hospital y que el orden se había ido a la mierda. Se colocaba a pacientes en cualquier espacio que quedara libre.

Dorita se durmió después, Sibila, con la sensación de aquella mano tibia en el antebrazo. Tal vez sus sueños no hayan sido reales, pero lo lógico era que, a continuación, soñara que yo la tocaba con pasión, que me entretenía lamiendo su abdomen, que pasaba a su pubis enseguida y que algo de mis dedos entraba en ella. Dorita creó en su inconsciencia, Sibila, las condiciones que la llevarían por un camino de muerte. En aquel enorme lapso de la noche entregó su voluntad al individuo desconocido que la sacaría del hospital y la conduciría hacia las sombras más oscuras. No sé qué tanto de mi personalidad coincidía con la del tipo que la tocó, cuánto influyó mi temperamento para que Dorita haya establecido la concomitancia y se entregara. Lo cierto es que estaba realmente enamorada, Sibila, y el amor nos vuelve locos, tontos. Ella perdió la razón al fugarse con un tipo como aquél.

21

Si se trató de un *ménage à trois*, no puedo suponerlo del todo, Sibila, los hechos de aquel tiempo no se presentan siempre enteros. Mi visión de los sucesos ahora es fragmentaria, aunque el relato no lo parezca. Si supieras el esfuerzo que he hecho para que parezcan acabados, completos. El mundo no es un lugar terminado, Sibila, tú lo sabes mejor que yo, pero mi pensamiento lo es aún menos. Cuando recobro los acontecimientos de ese final de octubre de 1998 veo chispazos de cosas, luces que se prenden y se apagan con una celeridad que asombra. Miro una realidad desnuda en la que tres seres huérfanos coinciden en algunos trechos del tiempo, satisfacen sus deseos elementales, y luego pasan a agredirse, se vuelven enemigos de golpe. Son sólo en aquellos breves instantes de amor, de pasión, en que resuelven soportarse un poco. La mayor parte del tiempo están separados, siguiendo de manera exaltada las huellas que el otro impone en el paisaje desolado por donde caminan. Yo había dispuesto seguirte a donde fueras, Sibila, desde el momento en que caí del muro de la escuela y corrí tratando de no perder el rumbo de tu luz. Tú ibas unos cien metros adelante, firme y decidida, pero cien metros atrás alguien venía siguiéndonos. Así ocurrió aquella madrugada hasta que alumbró un poco el sol y se revolvieron los pájaros. Lo mismo el día siguiente, y el siguiente… Uno en pos del otro, con obstinación, con enfado, sin detenernos.

Recuerdo segmentos de la carretera resbaladiza, asfalto mojado y lodo por todas partes, vehículos incrustados en el limo, colchones y electrodomésticos puestos a secar en los patios. Enseres de plástico, más colchones y cacharros apilados, pero no puedo recordar a las personas a nuestro alrededor.

La memoria me devuelve un mundo hecho de cosas embutidas en el lodo pegajoso. Llueve de manera menos intensa, pero la lluvia es turbia, sucia, como si las nubes que la dejan caer también estuvieran cargadas del lodo. Y huele a lodo, a ratas muertas, a cadáveres. Hay muchos trechos en el cielo que parecen depósitos de limo.

Seguimos la carretera de asfalto por algún tiempo, Sibila, pero debido a que hay trechos intransitables, nos vemos obligados a abandonarla. Viramos hacia un sendero abierto en el lodo, tal vez los restos de una calle que el río aterró. Un rótulo de latón nos obliga a fijar la vista. "Cazenave". En algunas partes el agua nos llega hasta las rodillas, pero no nos importa. El sol describe un círculo, Sibila, luego se oculta, cae una lluvia lechosa, con sabor a hoja verde, a brebaje de lodo. La oscuridad se planta adelante y nos corta el aliento, pero seguimos el camino. Me pregunto, a veces, para dónde se ha ido la gente que vivía en las poblaciones que dejamos atrás. Chozas de madera quebradas por la corriente, un par de gatos que nos agreden al acercarnos, perros asustados. Cada vez que miro hacia atrás, la figura del hombre que me sigue parece acercarse y alejarse, pero es presunción, tal vez un espejismo de la mente asustada. El hombre también parece trabarse en el lodo como yo, o como tú, Sibila, que abres la marcha con dificultad. Se trataba de una peregrinación, acaso, una forma de expiar pecados que muerden nuestras almas. No lo sé mientras camino, Sibila. Sólo entiendo que aquello se ha convertido en una obsesión para los tres, en un impulso primario. La falta de alimentos hace mella en el estómago, pero el empuje de la voluntad es más fuerte que eso. A medianoche me doy cuenta de algo: no seguimos un rumbo fijo, serpenteamos o describimos círculos. Pasamos en medio de sembradíos tronchados o de lomas peladas, con su escasa vegetación espinosa; otra vez cruzamos pastizales o nos atenaza la sombra de un pequeño bosque de árboles recién plantados. No hay cerros grandes ni empinados, tampoco depresiones y barrancos, sólo aquel terreno plano que semeja una esponja. Dentro de esas noches muy oscuras hay momentos que ya no se corresponden con el mundo concreto. Un paso al costado y estábamos fuera del balance de ese tiempo que sólo marcaba el desplazamiento de infinitas sombras. Entonces sentíamos que la distancia se acortaba entre los tres y podíamos coincidir, reunirnos, Sibila, aunque se interpusiera siempre un muro de contradicciones entre nosotros. Un vallado inexpugnable, violento, porque estaba hecho de materiales que no existen en la realidad. Nos juntábamos en un sitio cualquiera y podíamos tocar al otro con la yema de los dedos. De inmediato el deseo se prendía con aquellas caricias mínimas, pero los tres sabíamos la imposibilidad de intentar algo físico. Los materiales de aquel muro eran demasiado abrumadores para traspasarlos y, sin embargo, el sentimiento lo cruzaba. Sólo el sentimiento, sin la carcasa que los producía, sin el trabajo de sistemas o de corrientes en la sombra que eran las responsables de todo. Aquello que se había desprendido de mis células saltaba hacia tu dimensión particular, Sibila, te recorría, y yo sentía que estaba dentro de tu cuerpo; pero luego veía fluir una sustancia similar desde los poros abiertos de la figura masculina que nos seguía a ambos. Eran lapsus de verdadero ardor, de penetración absoluta, de cuerpos sórdidos invadiendo con sus líquidos viscosos a la criatura maravillosa que tenían enfrente. La médula del cerebro atrapaba el deleite con cada embestida y las células de la cabeza se contagiaban de los fluidos vecinos. El acto sexual era fantástico porque comprometía la apetencia de distintas voluntades; unas figuras atroces y descompuestas que se agredían en la sombra, aunque nunca terminaban de saciarse por completo. Los tres seres más diferenciados del mundo embarcados en una lucha de libido y amor. Ambos te poseíamos a la vez, Sibila, cabalgábamos dentro de la misma caverna y, entonces, yo sentía que también era el otro, ese que se había tomado la tarea de ir detrás de todos. No había dos hombres distintos, sino uno solo que batallaba por ambos. Comprendía que era la respuesta a un plan trazado por tu alma, Sibila, que tu naturaleza no se fiaba de una sola voluntad, que nos habías creado para satisfacer tu pasión desmesurada y enredabas los cuerpos en un juego metafísico. Nadie tocaba a nadie y, sin embargo… lo que se sentía era placentero y maravilloso, una mezcla inusual de emociones fuertes y dolorosas que nos dejaban contentos, exhaustos. Emergíamos de allí listos para emprender de nuevo, nomás amaneciera, aquella peregrinación obstinada y absurda, en medio de los campos bananeros anegados por el huracán.

22

En la madrugada del domingo el goteo se volvió intenso, Sibila, las gotas endurecidas golpeaban como perdigones. Parecía como si el huracán quisiera despedirse, salir de nuestro territorio, pero antes, abofetearlo con mayor ímpetu. Eran sus estertores antes de difuminarse. Los asesores del Gobierno estaban contentos, según me enteré después, anunciaban su paso a tormenta tropical y casi de inmediato a depresión tropical, pero antes vaciaba todos sus jugos sobre nuestras cabezas. Acabábamos de salir de una sesión extraordinaria de amor y estábamos exhaustos. Cada quien, en su parcela, pensaba en el otro, en la manera que había dispuesto la naturaleza o la providencia para juntarnos. Yo era el menos satisfecho de los tres, Sibila, ya ves que todo sucedía más allá de mi conciencia y eso evitaba que la memoria pudiera guardar los detalles con eficacia. Yo sabía que había una forma de amor en aquel acto desesperado, pero no podía asimilar su elemento auténtico. Todo chorreaba hacia el olvido una vez que terminaba, y yo me quedaba esperando más de ti, mi amor. Tal vez estaba demasiado acostumbrado a las frases humanas, a los ripios de la televisión. "Te amo", "nunca voy a olvidarte", "nuestro amor es eterno", estupideces de ese calibre y, sin embargo, tú te mantenías en silencio. El silencio mata y yo empecé a morir en aquellos días, entre aquella enorme soledad de los campos. Allí se quedó mi entusiasmo juvenil, si en algún tiempo lo tuve, desaparecieron mis esperanzas en el hombre y sus convencionalismos, renegué de la materia cósmica y de las células humanas que pueden respirar y renovarse. Descreí de los seres y su irracionalidad, de sus afectos y creencias religiosas. Mi alma quedó extraviada mientras la lluvia me partía la cabeza. Sí, Sibila, el huracán se iba, pero sus últimos goterones enterraban dentro de mi alma la más grande amargura, desde entonces soy el individuo más irritable que existe en la tierra.

Al amanecer del lunes seguimos caminando. Había que salir de allí, un brazo del río acababa de rodear la colina donde estábamos y amenazaba con echársenos encima de un momento a otro. Vimos unos caballos pasar al galope y a un par de campesinos en harapos siguiéndoles a la carrera. Se extrañaron al vernos tan embarrados de lodo, con nuestras ropas hechas jirones y los brazos esqueléticos. Uno de ellos nos saludó y nos dijo que tratáramos de alejarnos de ese lugar. Un kilómetro más arriba, nos informó, una aldea había sido borrada por la crecida. Podríamos ir, si queríamos, hacia una pequeña elevación que se distinguía unas millas hacia el Oeste. Aunque parezca sorprendente, fue el único contacto que tuvimos con humanos durante aquel periplo. Tú dijiste que no hiciéramos caso, Sibila. La gente, cuando entra en pánico, crea sus fantasías particulares, construye fábulas para enterrar en ellas sus temores. Enseguida echaste a andar de nuevo en otra dirección. Vi que volvías a poner una distancia significativa entre nosotros. Fue la última vez que te tuve tan cerca, que te escuché proferir una frase para que yo la escuchara. Después vino la mudez, el desencanto. Vino aquella semana en que anduvimos sin brújula por un territorio que nada tenía que ver con nuestras vidas. Pasamos por encima de los estragos del huracán, hicimos el amor de manera remolona y violenta, comimos lo que nos deparó el azar y vimos noches y días superponerse en el cielo. Los sucesos del mundo real nos alcanzaron en alguna oportunidad, pero sus concatenaciones esenciales pasaron de largo, o a través de nosotros, sin tocarnos. Todo se formaba a unos metros de donde ocurría nuestra peregrinación. Allí perdí los poderes que creía poseer, se me acabaron los mecanismos que me ayudaban a echar adelante los sucesos ordinarios. En aquellos campos solitarios me arrebataron la pureza, se quedaron con mi identidad verdadera. Un ser distinto emergió de aquel fangal, por eso no me extrañó que, al alcanzar el puente de entrada a El Progreso, llamado tontamente por los asesores del Gobierno "La Democracia", muchos tipos, de los que pasaban entretenidos con la corriente, me inventaran una historia peculiar o me consideraran su héroe. Nomás toqué suelo seco me recibieron con aplausos y buenos apretones de manos, hasta me llevaron en andas a terreno limpio. Me convertí en el símbolo de la lucha contra la desesperanza y el pesimismo. Los mismos asesores del Gobierno estuvieron agradecidos conmigo; mi viaje, mi desafío a los elementos, significaba, Sibila, que no todo estaba perdido para el país, que podríamos salir adelante. Imagina la paradoja, amor mío, yo que nunca había abrigado en mi interior un poquito de esperanza, me convertía en la ilusión de un país compuesto por seis millones de personas desesperadas. Pude haber llegado lejos con mi historia de no ser por la irritación que mostraba mi rostro. También los diarios se encargaron de enterrar mi fama en poco tiempo, unos días después de mi llegada publicaron un hecho que se sobreponía a mi hazaña. Cerca de Trujillo, en una aldea garífuna, una mujer había sido arrebatada del techo de su casa por la crispación del mar embravecido. Estuvo a la deriva durante seis días, flotando entre deshechos de cosas y cuerpos muertos, bebiendo agua de lluvia y alimentándose de frutas y semillas que llevaba la corriente, hasta que fue rescatada por un navío británico que patrullaba las aguas costeras. Esa pobre muchacha había logrado lo impensable y de una manera abrumadoramente dolorosa. Los periódicos explicaban a la gente cómo las olas furiosas le habían arrebatado a sus hijos, describían la desesperación de la mujer por sacarlos del encrespamiento, por llevarlos a flote. La historia que me inventaron los del puente no era nada comparable a la aventura de la muchacha; todos estuvieron de acuerdo en que el símbolo era ella, Sibila.

23

Dorita fue una de las primeras personas en abandonar la camilla del hospital por su cuenta, Sibila, y en alistarse como voluntaria. Se necesitaban personas que atendieran casos desesperados y llevaran un poco de tranquilidad a los pesimistas que se retorcían en las camillas. El hospital había sido rebasado y los médicos hacían lo que podían. Llegaban heridos de todas partes y pacientes machacados por los derrumbes, con laceraciones y golpes de todo calibre, que sólo requerían de una cama seca para morirse. La pequeña morgue del hospital ya no tenía cabida para más cadáveres y las autoridades tardaban en dar la orden para enterrar a los que nadie reclamaba. Poco a poco llegaban las ayudas de otros países, pero debido al desorden que imperaba, nadie sabía qué hacer con las donaciones. Se habían habilitado varias bodegas para almacenar víveres y ropa, pero éstas no reunían las condiciones necesarias, así que había cajas dispersas por todos los pasillos, y los productos comestibles se pudrían en ellas antes de ser entregados. Los administrativos, los doctores y demás personal del hospital estaban tan extenuados, Sibila, que no había manera de establecer un procedimiento. Estaba claro que muchos de los que se habían alistado como voluntarios lo hacían para sacar algún provecho de la situación.

Dorita lo vio de esa manera desde el primer día: los corazones de la gente no se habían ablandado con el huracán, sólo cambiaban de muda, se deshacían de aquella cáscara infecta y nauseabunda de todos los días y desarrollaban una más atroz y poderosamente cruel. Mientras duraba el huracán se ponían lacrimosos, melodramáticos, pero era seguro que eso pronto se trocaría en ambición. Ella había visto a muchos de aquellos voluntarios tomando cosas de los montones de cajas abiertas y escondiéndolas entre sus ropas. Incluso, se enteró de una operación que practicaban a diario los individuos que trabajaban en las bodegas. Funcionaba de la siguiente manera, Sibila: algunos de los encargados de embalar las donaciones se presentaban a su labor portando un par de zapatos viejos y destrozados, esto tenía un objetivo específico ya que, al menor descuido del jefe de sección, pasaban a cambiárselos por unos nuevos tomados de la pila, sin inquietarse, sin sentir remordimientos, sin miedo, es más, ella los había escuchado después, durante las comidas, vanagloriarse de su astucia y aconsejar a otros a hacer lo mismo.

Dorita pensaba todos los días en mí, Sibila, y deseaba toparse conmigo de algún modo. No quería abandonar el hospital pues suponía que, en algún rincón de aquel empinado edificio, podría encontrarme yo, esperándole con los brazos abiertos. Había comenzado una relación con el hombre que la había engatusado desde el vecindario de las camillas, pero hasta el momento no habían pasado de los besos y los arrumacos iniciales. Ella le besaba creyendo que me besaba a mí, que aquella boca era lo más cercano a mí que tenía. No se ilusionaba con él, pero encontraba mucho de mi tristeza en su temperamento irritable.

Por esos días Dorita ya mostraba síntomas de locura. Algo de su razón cedía terreno, Sibila, se deslizaba por aquel precipicio oscuro hacia la insensibilidad. El individuo aquél le pedía que se fuera con ella, que dejaran de una vez el hospital, pero ella no quería, argüía que su lugar estaba donde había esperanzas de encontrarme. Creo que fue entonces cuando el tipo comprendió la ventaja de hacerse voluntario también. Iba todos los días como un perro faldero detrás de Dorita, aunque no hiciera nada por comprometerse con la causa de los danmificados. Tal vez se estaba enamorando de veras de Dorita o sólo se había obsesionado. Lo cierto es que todas las mañanas se presentaba a las bodegas del hospital junto a ella, simulaba alguna actividad y luego se echaba entre los objetos a contemplar el trajín de los demás. Es seguro que hurtaba algunas cosas, pequeñas, que cupieran en sus bolsillos, que cambiaba sus zapatos y camisas por unas nuevas. El tipo estaba en su ambiente. A Dorita le contó que lo habían traído de los bordos de río Blanco, donde se dedicaba a reparar televisores. Qué gran ironía, Sibila, qué cinismo, el hombre estaba familiarizado con el tráfico de electrodomésticos. Yo creo, aunque no lo conocí, que se trataba de uno de esos personajes que se conocen como "topes" en el argot popular de la ciudad. Tú tal vez no sepas de quiénes se trata, sin embargo, se les llama de esa manera porque se dedican a comprar en la periferia artículos robados, a precios bajos, y luego los venden a consumidores de otros lugares que no conocen su procedencia real. Así que el tipo conocía el negocio y pensaba sacar provecho. El problema era que Dorita no estaba de acuerdo con él todavía, consideraba deleznable robarle a la gente necesitada; ella no quería convertirse en su cómplice, era uno de los pocos voluntarios que estaba allí por convicción. Se entregaba a su trabajo y no pensaba en otra cosa que no fuera mi cuerpo. El afecto desarrollado durante la convalecencia le ajustaba para arropar a los demás. Iba por las noches a dormir a una de las habitaciones del edificio que antes administraba y se daba una vuelta por mi cuarto para ver si había regresado. Tenía esperanzas, Sibila. Se entretenía con mis cosas, buscaba entre ellas un indicio que la condujera a mi paradero. No la frustraba la soledad de mi cuarto, ni las llamadas que recibía de mis padres en las que le suplicaban que no parara de buscar. Incluso, creo que les llegó a mentir, Sibila, adrede. Mi madre me contó después que Dorita aseguraba que me tenía a buen recaudo. El dueño del edificio la regañaba constantemente, le solicitaba tomar una decisión de inmediato: o regresaba al trabajo y ponía las cuentas en orden o se marchaba. Ella le replicaba que sólo estaba disponiendo de las vacaciones a las que tenía derecho y que una vez pasara la crisis del huracán iba a volver. De todas maneras, no había muchos inquilinos para atender, la mayoría se habían ido a sus pueblos y las carreteras destrozadas por las crecidas les impedían regresar.

Lo cierto es que Dorita les había mentido a mis padres, Sibila, lo que de alguna manera les rebajó su zozobra. Mi madre había estado intranquila pensando en mi suerte y tenía planes de arriesgarse a venir a buscarme, lo que, tal vez, habría resultado fatal para ella. Imagina, tener que replicar nuestra peregrinación, someterse a aquel viaje de locura; pero Dorita lo impidió y por eso estaré siempre muy agradecido con ella. Fue debido a esa gratitud que me decidí a investigar acerca de su paradero, una vez que pude hacerlo, claro, y cuando los estragos del huracán fueron superados. Estuve varios meses tras una pista falsa, siguiendo la irrealidad. Sé que en el hospital tenían buenas intenciones y que los nombres que me dieron de las personas con quienes se juntó procedían de sus registros verdaderos, pero fue un tiempo de mucha confusión y nadie iba a dar su nombre cabal si lo movía un objetivo atroz. Así que sus datos nunca pudieron ser corroborados. El tipo que la sacó de allí se escudó tras un nombre de mentira y los testigos que encontré después de tanto preguntar no recordaban nada importante. Todo lo que escribo de ella lo he imaginado, Sibila, pero son sucesos que se aposentaron con fuerza en mi cabeza, creo en su verosimilitud a pie juntillas. Sé que la mayor parte de esos hechos sucedieron como los cuento, que ella me los impuso en la conciencia, que yo sustraje su alma y la usé para tratar de reivindicar su nombre.

24

Una vez en el puente de El Progreso, entre aquellos tipos azuzadores, todo se esfumó, Sibila. La maravilla de ese mundo que crucé como si fuera un ángel salvador se volatizó en el aire: tú, el hombre que me perseguía como un perro, el huracán, los muertos que me encontré hundidos en el terreno, las escenas amorosas. Sentí como si me hubieran puesto en el reverso de la realidad de golpe. Amanece, das un paso y ya estás del otro lado. Has caminado una semana, has sobrevivido al diluvio, a las noches más negras, al paso del río, y aquello te parece demasiado irreal. Piensas que has estado echado en algún lado soñando esos sucesos que recuerdas, que es imposible pasar una semana a la intemperie, sin comer, y bebiendo agua sucia del suelo, contaminada de cadáveres. Lo bueno es que la gente te ha adjudicado una historia, menos maravillosa que la que recuerdas, pero debes ser consecuente con ella. Las grandes tragedias requieren de héroes de verdad para poder imponérselos a la realidad; la gente requiere de esos superhombres, Sibila, exige lo mejor de ellos, se cabrea si no los encuentra a su lado al despertar de la pesadilla. Debido a esa particularidad de la gente, me integraron rápidamente a su mundo de ilusión; yo llegaba desde ese lado oscuro del mundo para demostrarles que el huracán era vulnerable, que podía vencerse. Me vitorearon, cantaron mi hazaña, la escribieron en sus corazones, la hicieron épica. Sin embargo, al poco tiempo fui a parar como poca cosa al hospital regional. Un edificio sucio y muy pequeño, por cierto, para una ciudad tan enferma como El Progreso. Los medios de comunicación se volcaron hacia mí desde que arribé a la camilla. Tenía muchas abrasiones en las piernas, los calcañales destrozados por las espinas, estaba débil y mugroso, y eso bastaba para que me atendieran con toda responsabilidad.

Desde el principio me negué a hablar, Sibila, para qué. Si quería ser un héroe de verdad para esta gente debía mostrarme misterioso, taciturno. Mi voz era una forma de presentarme, de tener identidad, con ella la ilusión de las personas se podría ir a pique, no habría manera de convencer a nadie acerca de mi historia. Era mejor callar, participar en silencio de sus conjeturas, afirmar con la cabeza cuando me interrogaban, lograr que siguieran creyendo que provenía de alguna aldea de los alrededores devastada por la corriente del rio Ulúa, que era una víctima más del dios de una sola pierna. Tú sabías que no era así, Sibila, que mi mal estaba en la cabeza, que provenía de ese cerebro obtuso que había aprendido a desligarse del cuerpo a su conveniencia. Yo era víctima de la fiebre, nada más, Sibila, del sentimiento amoroso que me roía las entrañas. Los reporteros me preguntaban y volvían a preguntar, querían saber qué tan cerca había estado de la muerte, que les narrara una historia colosal, épica. Las cámaras me enfocaban desde todos los ángulos, tal vez querían encontrar algún indicio en mi cuerpo que les señalara que yo no era de este mundo, querían ver escamas, cuernos o alas en mi espalda. Y yo frustraba sus planes, Sibila, me mostraba como un hombre de carne y hueso, incluso en una oportunidad solté toda la flatulencia que andaba cargando en mis intestinos, se las restregué en sus narices torpes; para su suerte, aquello no apestó como sugerían la estampida y el ruido, puesto que no había comido nada sólido en toda la semana. Las hierbas y los bichos que me había tragado no contaban para fabricar un verdadero hedor.

Al segundo día de haber ingresado al pequeño hospital llegaron las autoridades. Un milico con sus galones brillantes acompañado del alcalde de turno. Querían saber mi procedencia, no se habían tragado el chismorreo de la gente, que les dijera si había venido de alguna aldea que necesitara ayuda. Yo era el primero que cruzaba a pie los fangales en que se había convertido el sector Sureste del Valle de Sula y debía ser portador de noticias frescas acerca de los caseríos afincados por ese rumbo. Me rogaron, pero seguí mudo. En un momento dado el milico se irritó, pensé que iba a sacarme de la cama a empellones. Aunque tal vez sí deseaba hacerlo, pero se detuvo porque no pretendía ser el artífice de una escena así frente a tanto periodista. Aprovechando el revuelo, susurró en mi oído que volvería después: había un asunto urgente que debía tratar conmigo.

No mintió, Sibila. En la noche de aquel mismo día regresó a verme. Iba de paisano y en la bolsa de su cubayera traía una grabadora pequeña. No se anduvo con rodeos, me despertó de un tirón y dijo que debía hablarle acerca del desaparecimiento y asesinato de una mujer, que le contara. Qué mujer, repliqué con un gesto desesperado de mis hombros. Hablaba de ti, mi amor, sabía que estuviste conmigo durante aquel trayecto de más de siete días. Para entrar en alguna confianza carraspeó varias veces y luego se presentó como un inspector de la Policía, inspector

Hernández, espetó con brusquedad. No quería mentiras ni fingimiento, que le dijera rápido adónde había dejado enterrado el cuerpo. Todo lo que decía me parecía confuso, pero tenía lógica, si nos habían visto cruzar aquellos pantanos juntos… Tal vez era normal que ahora preguntaran por tu paradero. Tal vez alguien había llegado al puente antes de mí, y ese alguien debió de toparse en alguna noche con nosotros. Era seguro que cuando me vio subir hacia la calzada, colgado de los travesaños del puente, se haya preguntado dónde se había quedado la mujer que estaba conmigo. Ya se ve que era imposible para una mujer de tu belleza pasar inadvertida, Sibila. Lo cierto es que alguien había sospechado de mí y me delató con la Policía. Sólo eso me faltaba. Me extrañaba la actitud de aquel milico, había tomado el caso como algo personal y dedicaba parte de su descanso a cuestionar mi parecer. Cuando hube salido totalmente del sueño y tuve la cabeza un poco despejada, le aseguré, moviendo sólo los labios, claro, que no sabía de qué mujer me hablaba. Te negué, Sibila, tomé el papel del apóstol Pedro. El milico estuvo mucho tiempo en silencio, contemplándome. Parecía dar vuelta a muchos pensamientos, como si su cerebro fuera una máquina de licuar ideas, a veces se sacudía para alejar una imagen que se incrustara con mucha fuerza en su conciencia. La verdad es que me dio miedo, terror de que pareciera tan fuera de sí. Más tarde me preguntó de quién se trataba, en realidad, que le descubriera tu identidad, mi amor. Recalcó: de dónde salió la mujer bonita, cuénteme, esa que ha salvado a mucha gente de la tormenta. Volví a negarte. Mi cabeza iba de un pensamiento a otro mientras el sudor esculpía mis extremidades. El cuerpo me empezaba a bullir y partes de la cobija se adherían a mi piel con dolor. El milico me torturaba con su obstinación, se ponía pesado y amenazante. Me salvó una enfermera bajita que llegó con una jeringa, tomó mi brazo y lo palmeó, después debió de pellizcarme la nalga; todo se borra entonces, incluso los gorjeos del milico que sigue hablándome.

Me duermo o me desmayo, no sé. Luego empiezo a soñar o, tal vez esté rebobinando mi memoria, que me lanza hacia el pasado. El orden de los hechos se subvierte, se vuelven planas las imágenes que me llegan torrencialmente. Rememoro todo el tiempo que ha pasado desde tu llegada, Sibila, con todos los detalles posibles, y desde una perspectiva que parece renovarse. No hay hechos cronológicos que desencadenan otros hechos ulteriores, no hay continuidad y avance y, sin embargo, esta forma de verlos me ayuda a comprender el conjunto, la obra finalizada. Puedo saltar por encima de mi pobre condición humana, me convierto en una especie de fantasma capaz de estar en todas partes a la vez, alguien que no necesita el cuerpo para trasladarse. El mundo adquiere un carácter nuevo porque puedo conocer todo lo que sucede en él de una vez. Miro cómo se ha transformado la realidad, cómo viene hacia mí desde todas direcciones, cómo la historia se rehace a partir de aquella pequeña perturbación. En un ínfimo segmento del mundo, un hombre mortal y una mujer maravillosa se han encontrado después de andar buscándose por siglos. El universo cambia debido a esa irrupción azarosa y todo queda oscilando, trémulo, inconcluso. No sé cuánto tiempo paso sumergido en ese ensueño, en aquella fantasía plácida, hasta que me despiertan porque van a trasladarme de lugar.

25

Eran las diez de la mañana cuando nos reunieron a todos en el parqueo del pequeño hospital. Nos instaron a juntar nuestras pocas pertenencias para el viaje, Sibila. Todo rápido y limpio; había necesidad de que evacuáramos lo más pronto posible. Tal vez no querían que las televisoras locales se enteraran del traslado o temían a las familias; prevenían los llantos amargos y las despedidas, las críticas al desorden que imperaba.

Furtivamente nos subimos a un camión y partimos. La verdad es que el espacio en el hospital era insuficiente para el flujo de refugiados que llegaban a diario. En el camión iban unas cinco familias y yo, que estaba solo. Cada quien cargaba con su colchoneta limpia y unas dos cobijas deshilachadas, lo demás eran bolsas de nylon repletas de ropa sucia. Yo llevaba una muda que me habían regalado y una botella de agua, era todo lo que tenía, mi amor, pero seguía pensando en ti todo el tiempo, lo que me producía la sensación de que llevaba un enorme peso sobre mis huesos. Cruzamos unas calles en las que aún se veía el agua estancada y los restos de arena depositados por la corriente.

Un par de orugas gigantescas trataban de abrir un desagüe en el extremo de un callejón. Viramos antes de toparnos con ellas y nos dirigimos hacia el centro de la ciudad. Por todos lados se veían las secuelas del huracán, la gente oreaba camas y muebles viejos en las aceras. La ciudad aparecía desvencijada, como si los vientos y el agua hubieran convertido en abanicos flotantes los techos de los edificios. Las láminas de zinc fuera de su lugar y las vigas sueltas producían aquella sensación. Los edificios estaban más ennegrecidos que de costumbre y había lodo diseminado en las aceras, al fondo de los patios interiores, y en los estacionamientos. Un lodillo oscuro, chicloso, que no era de la ciudad, arrastrado a través de docenas de kilómetros por el río enfurecido.

Nos dejaron en una escuela, tan ennegrecida como los demás edificios, Sibila. Me pregunté, al bajarme, cómo se habían formado aquellos caminitos de lodo tan perfectos que iban en todas direcciones. Nos inscribieron en un cuaderno grande y sucio, nos dieron un refresco a cada uno, un plato de comida, y nos asignaron un sitio para extender el colchón. Terminé al final de un pasillo estrecho, cuya única defensa contra la intemperie consistía en un muro de concreto poroso que no alcanzaba a llegar hasta el techo. Arrimé mi colchoneta a la pared de la esquina para no quedar tan expuesto, hacía mucho calor pues no había cielo raso y el zinc estaba cerca. Me dispuse a dormir, Sibila, pero entonces el amor me atacó con todas sus ansias, como si hubiera estado esperando a que dejara de moverme. El corazón se contraía debido al esfuerzo de contener aquel sentimiento que forcejeaba dentro de él. Las membranas se estiraban al máximo con cada contracción y yo sentía que mi tórax se llenaba de líquidos corrosivos. El amor es líquido, ahora lo sé, y se desparrama con violencia entre los tejidos cuando es rechazado o no tiene continuidad. Yo lo sentía andar dentro de mí, Sibila, como si se tratara de una afección biológica. Tal vez me daba cuenta de que nuestra relación se había acabado, que no íbamos a volver a vernos, que aquella semana que pasamos en el campo, a la intemperie, era como una despedida. Eran las migajas que me dabas para que no fuera a desesperarme del todo. Pero no bastaba, Sibila, porque seguía llorando por ti.

No sé si pensaron que estaba enfermo porque alguien del pasillo llamó de inmediato al doctor. Éste vino unos minutos después y se acurrucó ante el colchón. Me hizo preguntas estúpidas acerca de lo que me pasaba. Como si yo lo supiera. Como no le respondí, estaba dispuesto a llegar a las últimas consecuencias con mi renuencia a hablar, estuvo palpándome y alumbrándome las pupilas. Es posible que me haya puesto una inyección o hecho tragar algún jarabe, porque cuando se marchó, me sentí más tranquilo. Enseguida decido someterme al sueño de verdad, aunque no paso de la primera etapa. Me despierto fácilmente con cada ruido. Por eso sé que el inspector de la Policía se presentó durante la noche y estuvo hablándome de muchas cosas que no entendí. Es seguro que mencionó el nombre de Dorita, que me culpó de su desaparición. Cuando se fue, mi cuerpo respiró de nuevo, sentí como si hubiera apartado sus manos de mi cuello.

La escuela era espaciosa y tenía grandes árboles alrededor de los muros. Por la noche todo se llenaba de ronquidos que sonaban en sordina, pero durante el día parecía un salón de fiesta. Había calderos hirviendo en los rincones y el olor del café lo impregnaba todo. Nos daban pan y leche por la mañana y dos comidas completas el resto del día. La comida venía envuelta en plástico y tomaba su sabor cuando la recalentaban. A veces nos repartían una sopa rala con verduras deshechas en el fondo y un pedacito de carne. Nos bañábamos pocas veces y la mayoría sólo se lavaba la cara y los sobacos. Pasábamos el día tirados en los colchones rumiando la desgracia. Sólo nos levantábamos para ir a los baños, tan sucios como nosotros. Al tercer día ya estaba enfermo de verdad, Sibila, con unas náuseas que me sacaban del estómago lo que me comía. La fiebre no se hizo esperar y también la diarrea. En la tarde de ese día ya deliraba y unos moratones del tamaño de una moneda se transparentaron en mis brazos y espalda. El dolor en el abdomen me hacía retorcerme en el colchón. El doctor volvió a presentarse. Me apretaba las mejillas para que hablara y abriera los ojos. En algún momento debí de haberme cagado en los pantalones. El aire en el pasillo se volvió denso, el mismo doctor no pudo soportar el hedor. Lo sentí levantarse, guardar sus cosas en un maletín e ir por ayuda. Trajeron una camilla y me sacaron del rincón a rastras. Creo que estaba anocheciendo y el agua de la pileta estaba tibia. Dos voluntarios de la cruz roja se esmeraban en asearme, primero con una cubeta y luego a través del chorro de una manguera. Me arrojaban agua en el culo, Sibila, y se burlaban de la manera en que reaccionaba. El agua atenuó un poco la fiebre, pero me provocó una andanada de escalofríos intensos. Los muchachos me envolvieron en una toalla cuando me vieron temblando y me llevaron de nuevo hacia mi colchoneta. Una mujer impregnaba el pasillo con desodorizante ambiental, pero al mirar que yo llegaba dejó de hacerlo. Creo que me echaron encima unas cobijas y me dieron de beber una medicina para parar la diarrea. Traté de dormir, pero cada ruidito me causaba un sobresalto. Escuchaba muchos aparatos de radios encendidos, cada uno en una emisora distinta. En mis oídos todas aquellas voces se mezclaban produciendo un sonido sordo y regular. Había discursos del presidente de la república, de embajadores de países amigos. Funcionarios de segunda categoría aleteaban ante los micrófonos improvisados en cualquier sitio. Se tenía ya casi resuelto el problema del conteo de los muertos, sólo faltaba ponerse de acuerdo acerca de cuáles serían las zonas en ser declaradas en ruinas. Los alcaldes de algunas regiones bramaban solicitando comida y agua, otros pedían que se repararan sus carreteras. En mis oídos había una sola voz que vibraba alto o se apagaba conforme cambiaba de interlocutor.

Posiblemente me dormí más tarde y en una de aquellas pesadillas que trajo la fiebre, pude verte de nuevo, Sibila. Estabas muerta, mi amor, terriblemente muerta. Miles de años se habían acumulado sobre los despojos de tu cuerpo; te habías convertido en una momia de cartón o en un ídolo de piedra caduco y frío. Y pude ver el momento en que la estatua de material volcánico en que había terminado convertida tu memoria fue derribada por hordas de pueblos bárbaros que invadieron tus dominios. Nada quedaba de ti, Sibila, salvo aquel pálpito en las membranas de mi corazón agotado. Aun dormido deduje que se trataba de una alegoría absurda, un acertijo para el alma del pobre muchacho que aún tenía esperanzas en el mundo, pero la realidad se impuso de nuevo cuando amaneció y el dolor en el abdomen volvió recrudecido.

26

En algún momento Dorita se convenció de que no podía seguir resistiéndose, Sibila. El tipo que la cortejaba pasaba de las promesas a las amenazas, muy rápido. Empezó primero a exigirle que le consiguiera artículos de verdadero valor. Había desistido de acompañarla al almacén del hospital y ahora se quedaba afuera, echando bromas a una parvada de compinches que lo rodeaban a todas horas. Le ordenó continuar con su labor de voluntaria y aprovechar cualquier ocasión que se le presentara para tomar algo. Debía ocultarlos entre su pubis o en medio del sostén. Que mirara que no se lo estaba pidiendo por favor, se lo exigía. Tal vez ella ya sentía algo por él: afecto, pena, conmiseración, miedo. Tal vez la desolación del huracán había dejado la parte emocional de su conciencia expuesta. Dorita perdía la esperanza de hallarme con vida y se aferraba a cualquier cosa que fuera lo suficientemente concreta. La sección racional de su cerebro comprendía la imposibilidad de que yo hubiera sobrevivido al caos del huracán. Pensaba que mi cabeza no daba para ponerme a salvo, tenía que estar entre los cientos de desaparecidos, aquellos con los que el Gobierno contaba para provocar lástima. Dorita estaba segura de que la cantidad de muertos se había inflado con algún propósito ilegítimo. Imaginaba que yo había tomado una resolución desesperada, Sibila. Era sencillo pensar que la locura me hubiera impuesto una ruta de escape falsa. Estaba enterada de los rumores que corrían en la ciudad cuando ocurría lo peor del huracán. Se decía, por ejemplo, que el embalse del Cajón, el más grande de la zona central del país, había superado su capacidad de contención y que, de un momento a otro, la cortina se rasgaría, produciendo una verdadera avalancha de agua. Todas las ciudades en el camino del torrente serían arrasadas desde sus cimientos. También el río Chamelecón haría su parte, poco a poco socavaría la plataforma de roca en que se asientan los barrios del sureste, hasta arrollarlos, incluso, alcanzaría la parte alta de la ciudad. Se esperaba, además, que la cordillera del Merendón sepultara la mitad de San Pedro Sula luego de que se descubrieran deslaves y fallas en puntos cercanos al Bulevar del Norte. Con tal cantidad de premoniciones en el aire era posible, pensaba Dorita, que yo hubiera tratado de salir a toda prisa de la ciudad como les ocurrió a muchos. Tal vez había sido sorprendido por el caudal de alguna quebrada en plena huida y ahora estaba soterrado. Bien muerto en una tumba de lodo fuera del alcance de los rescatistas de la Cruz Roja. Ella fue creyéndolo así conforme pasaban los días y yo no daba señales. Dorita estaba desencantada, Sibila, eso era seguro. Mientras el recuerdo que conservaba de mí se alejaba hacia alguna parte neutral de su corazón, la cercanía con aquel hombre desconocido ganaba terreno en su organismo. Era cuestión de tiempo entregarse al delincuente que soplaba mentiras en sus oídos.

Las cosas que Dorita sustraía del almacén tenían poca importancia. Suéteres viejos, camisetas de algodón, bragas, calcetines desgastados y, a veces, latas de comidas. No había oportunidad de extraer objetos de mayor cuantía. El problema era que aquel hombre ejercía presión para que le consiguiera cosas valiosas. Tal vez en algún momento le propuso un plan siniestro, desesperado. Se aliarían con alguien de peso en la administración y desviarían parte de las donaciones hacia algún sector menos vigilado del hospital. La morgue, por ejemplo. Luego, aprovechando el traslado de los cadáveres, podrían sacarlas en vehículos particulares. Siempre había vehículos cargando ataúdes en aquel lugar del hospital y muy pocos guardias se atreverían a registrarlos con detenimiento. Los dolientes merecen respeto, su terrible desgracia merece deferencia, nadie en su sano juicio puede cuestionar eso. Así que, de pronto, Dorita, se encontró trabajando para una red invisible en la que intervenían muchas personas y recursos. Es seguro que aquello le pesó, no estaba hecha para situaciones tan viles. Asistía a esos eventos con angustia y los nervios estaban a punto de ceder. Se le veía llorosa, pero quién no lo estaba en aquella época, Sibila. Cada quien lloraba un muerto propio o ajeno. Los medios de comunicación habían impuesto un toque de queda emocional que consistía en fingir ser solidarios con la angustia de los demás; el país había sido vapuleado por el huracán y aquella azotaina debía de dolernos a todos por igual para poder sentir el patriotismo en la sangre. Así que si uno no había perdido a nadie, tenía que asumir la pérdida general. Al final no se trataba de una forma de hipocresía sino de una farsa que había que llevar hasta las últimas consecuencias para el bienestar común. El mundo puede endurecerse ante la hipocresía, eso todos lo saben, pero una farsa bien montada no hay quien la soporte.

Pronto los recursos empezaron a drenarse hacia un agujero que no tenía fin, Sibila. A Dorita eso le dolía grandemente. Cuando regresaba al edificio donde dormía se encerraba a llorar. Fue ese remordimiento el que la obligó a confesarse con mis padres. No sólo les dijo que ya no esperaba encontrarme, sino que les sopló todo lo relacionado con el robo. Mis padres habían pasado tantas penurias en su aldea que se tomaron la noticia de manera tranquila, tal vez lo esperaban o ya lo presentían. Mi madre derramó lágrimas, hipó ruidosamente, pero sólo después, cuando ya la llamada se había suspendido por los constantes cortes de energía. Lo del robo ni siquiera lo consideraron. Yo creo que Dorita pasó aquella noche más relajada, se lo había dicho a alguien y eso la aliviaba un poco. Los remordimientos son como una jauría de perros rabiosos, Sibila, que te mordisquean la carne de forma inmisericorde, pero basta con que dejes libres sus referentes para que paren de fastidiar. Lo cierto es que esa noche aceptó acostarse con el tipo ése; es más, no puso reparos en escaparse con él. Mis padres no volvieron a tener contacto con ella y entonces todo mundo empezó a buscarla de manera infructuosa.

27

Me noqueó la enfermedad, pero también la cantidad de fármacos, Sibila. Las pastillas me llovían en la boca y las inyecciones se sucedían una tras otra. La lengua se me puso pastosa y se me inflamó el abdomen; el estómago devolvía cualquier alimento que cayera en sus dominios. El doctor que me atendía solicitaba que se me trasladara al hospital, pero aparentemente ya no había cabida para más pacientes. Y como yo seguía sin hablar, todos terminaron perdiendo la paciencia. No sé si la cantidad de fármacos que me daban era por desesperación del doctor o porque los tenían en abundancia. El inspector de la Policía también estaba exasperado, quería interrogarme con todas las de la ley, pero la enfermedad y el embotamiento de mi cabeza se lo impedían. Llegaba a la escuela y se acurrucaba a mi lado, se soplaba el calor con un pedazo de cartón. Eso ayudó mucho para que los otros damnificados no se metieran conmigo. Creían que había algún lazo familiar entre nosotros. Me seguía intrigando su persistencia conmigo.

Yo veía el mundo, Sibila, desde una ventanita que se abría en mis sentidos. Un fragmento de oído, un pedacito de vista, un centímetro de tacto, olfato y gusto, trocitos diminutos, nada más. Permanecía tirado en el colchón con los ojos cerrados sumido en una inconsciencia agotadora. En mi interior todo se sacudía con fuerza, aunque eso no se transmitiera a la superficie de la piel. Mi cara se hundía, perdía masa y la palidez de mi piel era notoria. Yo creo que todos esperaban que de un momento a otro me muriera, que una mañana apareciera estirado y duro. Sin embargo, respiraba con normalidad y cuando despertaba, podía entrever lo que me rodeaba a través de aquel diminuto agujero. Por allí se colaba el mundo hacia mi conciencia. Me daba cuenta de la irritación de los administradores de la escuela cuando faltaban los víveres, del agotamiento de las mujeres que preparaban la comida y aseaban sanitarios y dormitorios, de la pereza que se había apoderado de los supervivientes. Nadie quería mover un dedo, parecía como si nos hubieran atado a los colchones. Algunos jugaban a las cartas en los rincones, pero sin entusiasmo, de manera perezosa.

Aquella modorra extrema poseía treguas diarias: durante las comidas o cuando llegaba alguna autoridad a supervisar la situación. Tácitamente, se nos obligaba a poner una cara de circunstancias, a quejarnos. Conmigo no había problema, Sibila, puesto que realmente estaba noqueado. Me quejaba, un silbido ríspido brotaba de mis pulmones y se expandía a través de la boca. A veces se transmitía en directo desde la escuela, había cámaras de televisión que hacían un recorrido aula por aula, entonces se podía ver a las cocineras contentas, sonriendo a los reporteros. Se despojaban por un momento de su cansancio y respondían a las preguntas con grandes risotadas. Cuando se iban, la escuela se sumía en un estado deprimente y silencioso. Yo amaba esos momentos, cerraba la ventanita y me disponía a seguir durmiendo. A veces lo lograba de manera inmediata, pero otras veces tú te interponías, mi amor. O lo que había de ti en mi interior, o lo que mi organismo seguía creando a partir del recuerdo. Me daba cuenta de que te cargaba adentro, Sibila, que no era fácil desligarme de los sucesos que habíamos construido juntos. Comprendía que el amor era parte de la enfermedad que sufría, que mi sistema inmunológico no me defendía ya debido a que recibía pistas falsas desde el sentimiento. Las emociones se sobreponían en esa lucha que se libraba en los tejidos y la parte biológica cedía ante los procesos extraños que ocurrían en las membranas de mi corazón. El virus que me había atacado se hallaba a sus anchas en mi estómago y eso me debilitaba sobremanera. Era el amor contra la supervivencia; el sentimiento versus la célula. Sí, Sibila, tu corazón me estaba matando y mi organismo encontraba normal no resistirse, se entregaba sin batallar, mientras a mi alrededor muchos mantenían una lucha cruenta contra la muerte.

28

Los familiares de Dorita aparecieron uno por uno, Sibila. Sus padres vinieron desde Choluteca y tras ellos una parvada de primos, hermanos y tíos. No sé quién dio la alarma, ni cuánto tiempo pasó antes de iniciar la búsqueda verdadera. Había sido vista por última vez hacía una semana en el almacén del hospital y allí se concentraron los esfuerzos de sus familiares. Supe que la Policía no quiso colaborar al principio, también estaban agotados. Habían pasado las últimas dos semanas reconociendo cadáveres clavados en la tierra, desenterrándolos para luego volverlos a enterrar. En la parte más baja de la ciudad, en aquellas populosas colonias situadas en el camino del río Chamelecón, habían tenido que hacer el papel de mineros, a punta de palas y piochas abrieron agujeros en el limo. Y no se diga de su rol en los campos bananeros de La Lima, donde la gente había quedado atrapada en los techos de las casas. Muchos no quisieron abandonar sus hogares, se aferraron a sus propiedades, y cuando la riada llegó, barriendo el valle, sus mismas casas les sirvieron de tumbas. La Policía no quería perder el tiempo buscando una sola persona cuando había miles que no aparecían. La familia cargó con el peso de la búsqueda, sus primos y hermanos recorrieron la ciudad preguntando a cualquiera. Incluso, creo que se ofreció alguna recompensa. Sus compañeros del almacén, que habían pasado la última semana embalando cosas junto a ella, se mostraron reacios a participar, tal vez sospechaban que había algo turbio de por medio y no querían arriesgar sus vidas. Parecía como si se la hubiera tragado la tierra. Uno de los hermanos de Dorita, que era algo perspicaz, se apostó en las inmediaciones del hospital y desde allí oteó el paisaje. Le llamó la atención aquel grupo de muchachos que merodeaban ante el vallado todo el día. Él fue quien descubrió la manera de extraer las donaciones del hospital; sin embargo, no dijo nada al respecto. Es seguro que metió la nariz entre los grupos que participaban de la sustracción. Me consta que después apareció molido a palos en un descampado de las cercanías, tal vez se confió o se dio mucho color. O averiguó que todo aquel movimiento estaba conectado con el rapto de su hermana, que esos tipos que holgazaneaban en las aceras eran los responsables. Pienso que cuando hizo aquel descubrimiento ya era demasiado tarde; se habían deshecho del cuerpo de Dorita.

No quiero alargar los acontecimientos de esta historia, Sibila, pero es muy probable que algunos de esos tipos recibieran luego su merecido. Cuando yo me sumé a la búsqueda, quedaban muy pocos de ellos en los alrededores y la organización de la que habían sido parte tenía muchos meses ya de haber dejado de funcionar. Deduzco que al esfumarse su cabecilla, todos decidieron buscar su propio derrotero. El tipo de los electrodomésticos es tal vez el único que sabe de Dorita y de sus últimos momentos. La Policía inició algún tipo de investigación con el tiempo, pero concentrándose entre quienes eran sus conocidos; pienso que no le dieron la importancia debida al caso. Me consta que tontearon hasta que decidieron conectar el caso de Dorita con mi detención en El Progreso. Entonces vieron una luz, muy tenue, chiquita, y dedujeron que tenían un tonto a quien echarle toda la culpa. Una segunda orden de captura salió del trampantojo judicial, a pesar de que seguían muy ocupados reconociendo cadáveres. Creo que eso salvó la situación, acortó un proceso que en los tribunales de este país siempre es tedioso y absurdo. Muchos de los presos que llenan las cárceles no reciben una condena o su indulto como manda la ley debido a que los expedientes han pasado por tantas oficinas y terminan diluyéndose en el tráfago de papeles; si no es que alguien los extravía deliberadamente en el proceso o los elimina para beneficiar a alguien. El caso de Dorita fue especial desde el punto de vista de nuestra justicia, saltó por encima de los procedimientos, alcanzó su arraigo rápidamente, se acusó de manera oficial a alguien, se logró el arresto, se inculpó, y cuando todo el mundo daba por ciertas las acusaciones, cayó en la mentira. Un volcán de papel se derramó sobre unos fiscales incapaces que seguían el proceso a regañadientes y los desencantó de golpe. Fue así como pude ver de nuevo la luz del día, Sibila. Sólo que ya no era el mismo, la máscara que me había puesto antes estaba adherida con fuerza al rostro; además, una parte del muchacho nervioso que dormía entre aquellas paredes mugrosas de la cárcel se negó a salir. Emergió un individuo distinto, con la carne y los huesos atados a sus neuronas, con las malditas emociones colocadas adecuadamente en sus sitios vitales: práctico y objetivo, y desde entonces ese hombre empezó a odiar la soledad.

29

Me sacaron casi a rastras de la escuela con aquella enfermedad rasgándome el estómago, Sibila. Sentía fuego en él cada vez que convulsionaba y apretaba la comida recién tragada. Me condujeron a una posta policial, donde me dediqué a dormir en un camarote vetusto. Rara vez comíamos allí, aunque de vez en cuando un buen samaritano llevaba algo y ajustaba para todos los presos. La posta policial era un desierto durante el día, pero por la noche recuperaba algo de entusiasmo, se trasladaba a ella a algunos trasnochados que habían sido arrestados por escándalo público o por pegar a sus mujeres. Los rostros desfilaban ante mí como si se tratara de una película muda, hacían gestos, me hablaban, pero sus voces nunca se concretaron en mis oídos. La pesadez del cuerpo evitaba que pusiera atención o que me despertara del todo. El inspector venía cada cierto tiempo con documentos bajo los sobacos y me señalaba algún detalle distinto que se hubiera pasado por alto en la ocasión anterior. Yo no le hacía caso, Sibila, veía a otro lado cuando se acercaba, ya no me inmutaba por sus observaciones desesperanzadas.

Él se quedaba sentado a mi lado por unos minutos y luego se daba por vencido o yo creía que se daba por vencido. Regresaba al sueño, al territorio donde tú te encontrabas recluida, mi amor. Estaba seguro de que entrabas en mi cuerpo, Sibila, de que me asaeteabas desde el espacio vacío que se creaba a mi alrededor o desde la inconsciencia. Todo el tiempo estaba con los ojos pelados y rojos. Miraba la estela que dejabas en el aire, ese ruido oscuro que producía tu cuerpo al pasar en desbandada. Era el único momento en que podía ver las cosas de verdad, en que se presentaban en toda su magnitud ante mi vista. Me daba cuenta de que estaba recluido en una posta policial sólo en esos instantes, que no podía marcharme a mi gusto y que pesaba sobre mí un proceso judicial de gran envergadura. Si el inspector hubiera sabido de la existencia de esos instantes, los habría aprovechado a favor de su investigación, pero él pasaba todo el día afuera y sólo se presentaba a su oficina por momentitos. Yo no sabía que iba de un lugar a otro buscando mujeres que habían desaparecido. Algo raro había en su temperamento para que se interesara tanto en aquellos casos anónimos. El huracán había desbaratado lo objetivo de las ideas que tenemos sobre la autoridad, pero ese hombre parecía encontrarse afuera de los patrones oficiales. Era severo, obstinado, y lo demostraba conmigo de manera muy áspera. Para mi suerte, cuando se acercaba yo ya tenía el cerebro desclavado, se me había resbalado hacia el estómago o lo sostenía entre las piernas.

En algún momento dejé de despertarme, Sibila, mi cabeza se enclaustró en sí misma, los referentes desaparecieron y un contexto de sombra devoró mi conciencia. El mundo se redujo a siluetas, puros dibujos borroneados y oscuridad. El sopor era tal que a pesar del calor del día nadie podía sacarme del camarote. No estaba propiamente en una celda, pero las paredes estrechas hacían que lo pareciera. Tenía el privilegio de haber sido instalado en un tejadillo adosado a las oficinas. Tal vez desde el principio creyeron que estaba loco y que no debían mezclarme con los pocos reclusos que pasaban sus días en las celdas. El cuerpo se me hinchó debido a que ya no me levantaba y una especie de costra me salió en la espalda y los glúteos. El agua se convirtió en mi única preocupación. Si me movía del camarote era para beber, todas las demás necesidades fisiológicas desaparecieron de mi conciencia.

Debí de convertirme en una piltrafa humana y en algún momento se olvidaron de mí, el mismo inspector dejó de mostrarme papeles, rehuía de mi olor nauseabundo. El mundo ya no estaba en su lugar, pero mi cabeza bullía de cosas que se desarrollaban fuera de su alcance, era como si hubiera seguido avanzando por la realidad, pero sólo desde un punto en la memoria. Y la poca realidad que percibía no tenía color o volumen porque tú estabas inserta en ella, Sibila, porque nuestra historia de amor seguía viva allí adentro. Pero no era una historia que fluyera, que contuviera escenas capaces de alargarse en el tiempo. No, ahora todo estaba estático, mi amor, los hechos se acumulaban en un punto estrecho y eran dolorosos, como si estuviesen constituidos por puras afecciones humanas. No había forma de hacer que algo se moviera o tuviera sentido, los sucesos eran tan compactos e impersonales que uno siempre se encontraba al margen de todo. Todas esas cosas que sobrevolaban mi cabeza eran parte de la existencia de un muchacho enfermo, pero ocupaban un lugar aparte de él. Inmóviles y herméticos, los sucesos se mantenían fuera del radio de percepción de mis sentidos. Yo podía verlo todo, incluso apropiarme de algunos impulsos generales, pero desde la distancia. Desvariaba.

Creo que fue más por el hedor de mi cuerpo que por humanidad que consiguieron un doctor para que me revisara, Sibila, alguien que entendía de los padecimientos de la cabeza. Un día su cara se dibujó muy próxima a la mía, como si estuviera adentro de las pupilas. Sus frases también estaban en el interior de mis oídos. Me instaba a responderle alguna pregunta, pero yo no sabía a qué se refería. Me hubiera gustado usar mi voz, pero ya no la podía articular, tal vez estaba demasiado trastornado o era que me había olvidado de producirla, de tanto negarme a hablar. El doctor era paciente y parecía contar con todo el tiempo del mundo. Se estuvo quieto, su hombro pegado al mío, y hasta me abrazó. No supe cuándo se marchó, pero me dejó una bebida muy fría y medicamentos, grandes pastillas de color café y negro, agridulces al paladar, pero que me tomé con gusto.

Creo que dormí un par de semanas más, Sibila. En todo ese tiempo mi inconciencia me llevó de un sitio a otro, y hasta siento que anduve bregando entre tus brazos, aunque se tratara de unos brazos difusos que se licuificaban al contacto. No había amor en esos sitios que visitaba, sólo fiebre y un manoseo que se extendía por horas, alguien tanteaba en el vacío, trataba de alcanzar un objeto, pero el agarrotamiento de los músculos se lo impedía.

Por fin un día pude salir de ese hoyo que había abierto mi cabeza en el espacio, pronuncié palabras simples y estuve contento de poder ver que por una ventana se colaba un fragmento de sol.

30

Lo que conozco del caso de Dorita proviene del momento en que la enajenación me vació casi por completo la cabeza. Tú, Sibila, tuviste mucho que ver, pienso ahora. Perseguí tu imagen y, al final, fue la sombra de Dorita la que me encontré bogando en el vacío. No me pregunten si estuve allí o sólo recuerdo cosas que sucedieron en mi mente. Los fantasmas son muy poderosos en mi cabeza y me incitan a ir detrás del amor. En la imagen que me hago de Dorita es de noche y la sigo por un mundo maravilloso que, sin embargo, es el mismo que cruzaba cada vez que iba a la universidad. Tablas de madera desvencijada, concreto ríspido y láminas metálicas por doquier; buses ruidosos, personas ofuscadas y clamor. El huracán es un viejo recuerdo en ese momento, una gota que se tragó la tierra.

Veo a una pareja que camina adelante, entrelazadas las manos, el corazón palpitante, pero con los rostros encendidos y rabiosos, los pasos trabados y con la respiración de los que discuten acaloradamente. Siento que no debo ingresar en su esfera íntima, que me es ilícito interferir en su disputa gradual. Sigo a aquellas dos sombras porque el terreno por donde caminan tira de mí hacia abajo, o tal vez confunda la geografía con el afecto. En un momento dado salen del cuadrado de cemento que conforma la ciudad, Sibila, las calles se traslapan con los sembradíos de caña, aunque a veces no hay sembradíos ni calles. Entran en el vacío, en aquel paisaje de hojas que se agitan con el viento de la noche. No están los árboles, sólo aquellos millones de hojas suspendidas o arrastradas por la luz de la linterna que uno de los dos lleva en la mano. Se integran al túnel que conforma la luz en la que se refleja el movimiento agitado de las hojas. Caminan, mientras la claridad forma una sombrilla abierta adelante de ellos. La mujer ha empezado a gritar, procura alejar las manos del hombre de su cuello, veo que lo patea, lo empuja. Cada vez están más lejos de la ciudad. Él la suelta y le permite correr, pero la atenaza con el chorro de luz de la linterna cada vez que la mujer quiere ensanchar la distancia. Y entonces vuelve a mí, Sibila, aquella sensación antigua en la que veía a los paseantes estaqueados en un mismo sitio, mientras el mundo se desplaza a gran velocidad. Todo se mueve hacia una dirección, pero las personas están inmovilizadas. Eso pasa con la pareja que veo adelante, simulan correr cuando es el universo el que se mueve por ellos. El tiempo sí parece tener velocidad, Sibila, y trompica hacia un lugar horrible; eso le daba ventaja al hombre, que se agarraba de él para evitar que la mujer lo dejara atrás. Ya casi la alcanzaba y la luz de la linterna enredaba las piernas de la mujer. Al acercársele el hombre, sus gritos se volvían aterradores, sus pupilas chorreaban un líquido tibio hasta impregnarle las mejillas y la boca. La mujer o Dorita o una de las tantas víctimas de aquel criminal anónimo dejaba salir sus fluidos vitales por las cuencas de sus ojos, se vaciaba. No sé si le pedía al hombre que no la lastimara, que iba a hacer lo que él le pidiera. La carrera del universo había terminado en aquel escampado oscuro acuciado por el silbido de miles de bichos nocturnos; el telón de fondo era la ausencia de un cielo estrellado, las siluetas de unos árboles torcidos y el quejido de un río que murmuraba por lo bajo. En la lejanía, el mugido de una vaca. Tampoco se miraban cerros o nebulosas de luz que sugirieran un lugar habitado cerca. Estábamos en medio de la concentración de todas las cosas posibles, cuando los objetos son tan patentes que de verdad no existe nada. Yo creo que debió de haber un lapsus, no todo fue unidireccional o cronológico. Debí despertar, realizar alguna actividad fisiológica, mirar las paredes de mi encierro, pedir agua, gritar. Debí de pensar en ti, Sibila, y deseé tu cuerpo con ardor, mientras la pareja que iba adelante de mi sueño esperaba que la alcanzara. Sin mi presencia nada tenía sentido. Dorita eras tú, Sibila, tú podías ser ella, y yo estaba en medio de todos dándole identidad a cada situación. La violencia que pesaba sobre la escena necesitaba de mi testimonio, que yo volviera a sumergirme en la locura.

Después del vaso de agua y la pastilla me acosté y me dormí de inmediato. La escena proseguía tal como la había dejado. Sí, Sibila, el hombre echaba a andar, te cercaba o cercaba a la Dorita que estaba enamorada de mí. El acampado se ensanchaba en todas direcciones y los gritos de la mujer ya no cabían en él. Ahora sí quería entrar en la intimidad de la pareja porque me gustaba su amor, su odio y su miedo, una mezcla fantástica. El hombre ya la tenía tomada del cuello y la montaba de una manera rústica, le hacía cosquillitas en su ingle, la atravesaba. La mujer sentía la entrada del hombre y era como si cada embestida duplicara el terror. Su mente se escindía en varias formas difusas. Era Scherezada y debía alargar el acto sexual hasta el día siguiente, hasta el amanecer, era la única manera de salvar su vida. Yo vi eso y me llené de ternura, Sibila. Una mujer debe amar con intensidad al hombre que la castiga porque en el castigo está la salvación de su vida. Debe evitar que el deseo decaiga o se diluya en el esfuerzo de unos músculos que lo mantienen en funcionamiento. Sobre Dorita pesaba ese dilema y su cuerpo recibía con amor aquel peso que la oprimía. Traté de ayudarla, Sibila. No yendo hacia ellos y enfrentándome con el hombre, ¿para qué?, intenté crear una pausa más larga, romper con el ritmo del sueño. Lo logré en algún momento, es seguro, desperté, y salí a una mañana despejada, con una marea de gente que protestaba por algo, enfrente de la posta policial donde yo estaba. Alguno sugirió que me querían a mí, que me achacaban el asesinato de otras mujeres, antes del huracán y durante su desarrollo. Tuve tiempo de asomarme a curiosear, beber un poco de agua e insultar al inspector que se ponía impertinente conmigo. Me costó volver, algo se había movido y me impedía la entrada, pero logré colarme. El acto sexual de la pareja continuaba a un mismo ritmo o tal vez se había acelerado. El hombre montaba a Dorita y apretaba su cuello, ella lo recibía complacida mientras sostenía sus brazos, en un afán por aliviar la presión. El rostro de ella aparecía estragado, como si no pudiera sostener el deseo un momentito más; en el rostro del hombre había resignación o furia, un malestar profundo. Supe que no había salida, el desenlace sería fatídico, y ya no había nada qué hacer. Pude sentirlo, porque desde la inconsciencia es imposible comprender nada. Dorita luchaba contra su cansancio, contra las células que vaciaban todos los líquidos que las estimulan. El hombre apretaba su ingle y ya no daba más, pero Dorita no cejaba en su afán por animarlo a través del lenguaje sucio. Le llamaba lobo, volcán de fuego, toro, caballo al galope, río desbordado, y le espetaba, además, algunas frases soeces. Hacía comparaciones desmedidas para que no decayera su sensualidad. El hombre se exacerbaba unos segundos, pero luego su vitalidad se venía abajo, su hombría cedía al entumecimiento de los músculos. No podía seguir más. Las palabras ayudaban un poco y pensé que de tanto anunciarlas en voz alta llevarían el acto hasta la mañana, Sibila. Yo también confié en ellas. El hombre tiraba con fortaleza al escuchar las frases: Hércules, Nemrod, Caupolicán, pero de inmediato se desmoronaba al echar a andar su cintura. Dorita se desesperaba, empezó a llamarlo incapacitado, asexuado, poco hombre, todos los sustantivos relacionados con la eyaculación precoz y la vejez. El hombre trató de sobreponerse a su condición activa. Se volteó y dejó que fuera ella la que se moviera. Dorita no estaba preparada para eso, pero hizo el intento, luchó. Su cadera bajaba con ímpetu y envolvía el miembro del hombre, pero necesitaba el doble de esfuerzo para hacerla subir. En el horizonte algo se aclaraba, había un incipiente amanecer que sobrevolaba por encima de las nubes a lo lejos. Dorita se aferró a esa esperanza, si salía el sol, el hombre la perdonaría, no se mata a una mujer en plena luz del día, sobre todo si nos ha dejado exhausto, si ha vencido nuestra hombría. Ella no comprendía bien, Sibila, no era capaz de saber que aquel hombre poseía una naturaleza brutal. Ese ardor que era incapaz de sostener por un momento más equilibraba su conducta, su razón. Pienso que de allí le vino el impulso, Sibila. No dejó que Dorita siguiera amparándose en el acto sexual. De pronto aquello era una lucha, unos brazos que iban y venían, que se reventaban en el rostro. Como ambos estaban desnudos, la escena era tierna y sobrenatural. La respiración de ella creció por encima de los golpes, era rítmica, pero seca, como si la humedad de los pulmones hubiera quedado encendida por el calor de afuera. Dorita se quejaba de una manera hueca mientras el hombre anudaba su cinturón en su cuello; se debatió durante unos pocos minutos y hasta hubo un instante en que creí que escaparía a la asfixia. Su rodilla había subido hasta los testículos del hombre, pero el golpe fue amortiguado por la rodilla masculina, aunque algo alcanzó a impactar. El hombre pujó y se llevó ambas manos al abdomen. Dorita aprovechó para deslizarse fuera de su alcance. Iba a reincorporarse, a ponerse a correr, cuando el hombre aferró su tobillo, ambos rodaron con el impulso y el cinturón se descolocó, bastaba un ligero envión para soltarse y huir. Estuve alegre, una contorsión de la cadera separaba a Dorita del peligro. Creo que se aferró a esa posibilidad, que tiró del brazo del hombre que la sujetaba hasta que ya no pudo. El acto sexual había dejado su cuerpo tembloroso y debilitado, no pudo ir más allá de un simple pataleo en el vacío. El hombre la volcó, la puso boca abajo y restregó su rostro contra la hierba, apretó su cráneo con desesperación en el suelo. Recogió el cinturón y con él rodeó de nuevo el cuello de Dorita. Tuvo que ponerse a horcajadas para halar de él. Es raro que Dorita no haya luchado a partir de allí, o eras tú, Sibila. O era tu muerte que se repetía, que salía y entraba en la historia para recordarnos nuestra condición de primates violentos. Dorita ya no se movía y algún músculo de su espalda se contraía conforme el hombre halaba el cinturón. No sé si se arrepintió a último minuto, puesto que lo vi relajarse, de pronto. Se había dejado caer sobre los glúteos de la mujer y le masajeaba los muslos. La mano derecha mantenía tenso el cinturón y el rostro estaba crispado.

Alguien me sacó de allí en algún momento, me vi ante dos agentes de la Policía y un doctor que me inspeccionaban. Me volteaban y me buscaban las venas, revolvían entre las cobijas. El doctor no estaba tan limpio, pero tenía un rostro generoso, no se inmutaba ante el hedor que debí producir. Me pinchó dos o tres veces, no sé, y luego ordenó que me sacaran al sol. Yo quería regresar a donde estaba, no podía abandonar a Dorita a su suerte. Tal vez les supliqué, lloré para que me dejaran en paz, pero luego aparecieron otros dos tipos (no eran parte del cuerpo policial, se notaba) que me arrastraron a una ducha. El chorro me ablandó todo, la espalda me ardía debido a la piel que se quedó prendida de la tela de la ropa. Con el agua el hedor se multiplicó. Después me sacaron de la ducha desnudo y me hicieron caminar hacia un patio interior. Mi cuerpo estaba tan encorvado, Sibila, que me tenían que agarrar para que avanzara. Me pusieron al sol a que me secara. Eso dolía más, sentía como si me abrieran otros surcos en la piel lastimada. Me dormí acurrucado, cabeceé, pero por más que quise volver a donde se hallaba Dorita luchando con el hombre malo, no lo logré. Uno de mis ojos se ensombreció desde entonces y eso me impide dormir con comodidad cada vez que lo intento.

31

Me queda claro que Dorita trató de huir en su momento, Sibila. Uno de aquellos días que siguió al final del huracán debió de renunciar a su condición de voluntaria. Tal vez se lo pensó mejor y quiso recuperar su trabajo de administradora. Intentó hablar con su antiguo jefe, aunque es probable que no lo consiguiera. Por eso, de la noche a la mañana, se quedó sin un lugar a donde ir. El tipo ése que no conocemos, Sibila, o que yo no conocí del todo, la había llevado a su casa, pero es seguro que ella no se encontrara a gusto, que la consideraba una madriguera de mala muerte. Una covacha a la orilla de un río que ya no existe, un chorro de agua invisible que arrastra basura y hedor; eso desencanta a cualquier mujer. Con el agregado de que el hombre la golpea y la obliga a conseguir recursos que le llenen su barriga. Ha decidido que sea ella quien lo mantenga. Ha pasado pocos días con él, pero Dorita ya no tolera la convivencia. Todo es endeble en aquel sitio, desde las paredes de la covacha hecha de láminas y briquetas hasta la actitud del hombre. Así que debió de huir en la noche aprovechando sus borracheras. Se dirige hacia el centro de la ciudad, pero luego se da cuenta de que no tiene un lugar para dormir. Se detiene, Sibila, le tiemblan las piernas y suda, como te pasaba a ti, mi amor, cuando te acalorabas. Aprovecha el trajín nocturno de un hotel abierto a esa hora para descansar en la acera y realizar un par de llamadas telefónicas. Su teléfono celular está a punto de quedarse sin carga y ella sabe que es su único vínculo con el mundo, lo demás se ha roto; al huir con aquel desconocido puso un muro entre ella y todos los habitantes de la Tierra. Pero el teléfono le trae voces familiares que la alientan, aunque no estén dispuestos todavía a recibirla en sus hogares. Se queda mirando a los clientes que entran y salen del hotel con mucho alborozo. Hace como que se maquilla cuando una pareja se detiene a observarla. De alguna manera logra superar esa noche y la siguiente, y luego un par de días más con sus respectivas noches. Ve que la calle no es un lugar tan repudiable, Sibila, (sigue asemejándose contigo en algún punto) que tiene resquicios donde cabe una persona normal. Cree que tal vez esos sitios están exentos de la degradación general porque no han sido conquistados todavía por los humanos; estos pasan de largo o sólo rozan sus esquinas. La calle puede ser amigable, siempre y cuando uno pueda pasar inadvertida en ella. Dorita lo consideraba así hasta que se da cuenta de que alguien la vigila. Sí, Sibila, ha descubierto que un hombre la persigue a todas partes. Pero la imagen que se hace de ese hombre no es precisa, le falta corporeidad, viaja por el espacio como si se tratara de un fantasma. A la semana siguiente ha logrado conseguir un mísero cuartito para dormir; sólo tiene que ayudar en la cocina de un restorán barato. Una muchacha que conoció en otro trabajo le facilitó una dirección. Dos días después su amiga le llega con la novedad de que la noche anterior estuvieron a punto de forzar la cerradura del cuartito. Le pregunta si se dio cuenta. Ella, que duerme en el cuarto contiguo pudo escuchar los ruidos. Le pide que le diga en qué líos se ha metido. Entonces Dorita empieza a huir de nuevo, el teléfono celular ha muerto y su familia vive lejos. La amiga estaba dispuesta a prestarle el suyo, pero al final Dorita tuvo vergüenza, Sibila. Su mamá se había malquistado con ella por haberse fugado con aquel tipo y tardaría mucho tiempo en perdonarla. Creo que trató de hablar con mis padres, pero la línea nunca comunicó. Se echó a la calle con el agravante de que ahora se sentía vista por todos. Creía que la gente con la que se encontraba se había dado cuenta de que estaba sola y vulnerable. Todo le parecía sospechoso entonces, y más después de la diez de la noche, cuando las calles se quedaban vacías debido al toque de queda decretado por el Gobierno para evitar el despilfarro. La ciudad se enclaustraba después de esa hora, como si todas las salidas hacia alguna parte hubieran sido trancadas de golpe. Había muchos murmullos en el ambiente, susurros que nadie sabía de dónde procedían. Cada rincón tenía un ruido diferente. Una noche lluviosa cabeceó en el portal de una panadería. El guardia le permitió echarse en un rincón, Sibila, fíjate en tanto despliegue de generosidad, aunque antes de las cinco de la madrugada ya estaba a horcajadas encima de ella tratando de violarla. Logró quitárselo de encima, volvió a correr. Se prometió llamar a alguien de su esfera familiar nomás amaneciera. En el mercado central le dieron café y pan, sólo tuvo que gesticular como lo hiciera una loca de verdad. Pasó ese día decidiéndose a quién debería acudir; todas las opciones las encontró humillantes. Como conocía la casa de su antiguo jefe se dirigió hacia ella, estaba cerca, pero debió extraviarse en el camino. Cruzó la colonia Bellavista y subió la colina hasta que sintió la ciudad a sus pies. Tal vez imitaba tu peregrinación, Sibila, sin que nos diéramos cuenta se había convertido en la elegida de los dioses. Se sintió en el Olimpo al contemplar la menudencia de ciudad que se desperezaba allá abajo. Pero la noche volvió implacable sin darle oportunidad de llamar a nadie. Ella la esperó en un banco del Bulevar Morazán, se despidió de la última claridad del día mirando el picoteo de los pájaros en los árboles de la mediana. Un poco después de las diez de la noche la obligaron a subirse a un vehículo que se estacionó a unos metros de la acera donde dormitaba. Despertó de su ensueño con el chirrido de los neumáticos al derrapar. Estuvo forcejeando por espacio de dos horas, aruñó, pateó, dio mordidas a granel. La dejaron en la orilla del Bulevar del Sur. De allí erró sin rumbo; y entonces apareció el hombre que no conocemos. En esas andaba cuando yo la descubrí en mi ensueño y decidí seguir su camino. Persigo a la pareja tal vez porque el terreno por donde caminamos tira de mí hacia abajo, o tal vez confunda la geografía con el afecto. En un momento salen del cuadrado de cemento de la ciudad, Sibila, las calles se traslapan con los matorrales de la orilla, y a veces tampoco hay matorrales ni calles. La pareja entra en el vacío, en aquella realidad de hojas que se agitan con el viento de la noche. No están los árboles, sólo aquellos millones de hojas suspendidas o arrastradas por la luz de la linterna. Se integran al túnel que conforma la luz que refleja el movimiento de las hojas. Caminan, mientras la claridad forma una sombrilla abierta adelante de ellos...

32

Recuerdo, Sibila, que me llevaron a una sala estrecha y mal ventilada. Había sillas desparramadas y una especie de estrado con una butaca mullida y brutal. Al principio todo estaba en penumbras y el aire saturado de líquido desodorizante; muchas partículas flotaban en las franjas de luz que se colaban por las rendijas de una puerta mal entornada. Luego todo se iluminó de golpe, como si las luces del techo hubieran explotado al mismo tiempo. En las sillas había personas soplándose con pañuelos y la butaca del estrado estaba ocupada por un hombre que sonreía como si le hubieran contado un chiste. Su mentón inflexible era lo único particular, como si la risa resbalara por él sin afectarlo. Yo era el único que estaba de pie y, al voltearme, pude ver a mis padres y a mi hermano menor, estaban en primera fila y me miraban sin interés. Tal vez mi mamá sollozara. Después me di cuenta de que alguien leía algo de unas páginas que extraía de un folder de manila. Sus palabras sonaban como si fueran un mismo sonido, alargado y regular. Creo que se trataba de la acusación que se me hacía. El hombre de la butaca asentía y me miraba con ternura, creo que eso era lo terrible de la situación, Sibila, que me mirara con tanto afecto. A mí me hubiera gustado ver su odio, su repulsión, pero en aquella sala todos parecían apesadumbrados por mi estado. Nadie creía que yo hubiera hecho nada malo, todos me eximían, pero había que cumplir con un ritual y, en aquella sala se seguían instrucciones al pie de la letra. A mí me hería mucho que no me consideraran capaz de matar a una mujer. Yo había pasado por una etapa de amnesia profunda y era probable que lo hubiera hecho de haber tenido la oportunidad. Hasta ese momento no sabía distinguir entre tú, Dorita u otras mujeres, Sibila, por qué no habría de ser factible. Mostraba una cara irritada y rabiosa, quería con eso justificar la acusación. Pero en el ambiente todo estaba relajado, el que leía y otro hombre que esperaba cerca de mí con el índice en la mejilla sonreían de vez en cuando. Parecían dos escolares confabulándose para hacer una travesura. Los testigos estaban a punto de ponerse a aplaudir, el olor a desodorizante aumentaba conforme el calor crecía. De pronto nadie ponía atención al que leía y varios de los presentes se habían dirigido hacia la puerta y charlaban de manera amistosa. Yo trataba de seguir con aquel rostro, Sibila, pero ya no me duraba, se me deshacía el gesto y también cambiaban las facciones. Allí, en plena audiencia de declaración de imputado, mi carne entraba en una consunción terrible y no era por el calor sino debido al desencanto interno que llevaba al cuerpo a perder su estructura física.

Vi, Sibila, las luces prenderse y apagarse, me vi moverme, alejarme, y regresar al mismo sitio, sentí que el sol cambiaba y el calor se extinguía. El tiempo era el gran ausente en aquella sala rústica, giraba y se diluía, por eso yo estaba ante una corriente intangible de cosas que fluían a una gran velocidad. Lo más notorio de todo eran las luces que fulguraban por la carrera y la ausencia de una dimensión real que frenara los hechos que se formaban con celeridad. Aquello me abrumó, ya estaba muy débil para sostener la realidad, y ahora la realidad era escurridiza, no tenía una armazón. Perdí la noción del mundo, me encontré de pronto oscilando en un umbral vertiginoso de sombras. Otra vez mi mente se nubló y borró gran parte de los acontecimientos que sucedían. La verdad, Sibila, no sé si hubo juicio o se resolvió todo a través de un acuerdo entre las partes. Los únicos referentes conocidos en aquella vorágine de luces que se apagan y se encienden son el rostro de mi madre y el uniforme del inspector, o sería mejor decir, el dibujo de los sollozos de mi madre y los pálidos colores del inspector. En los instantes en que mi mente se aclara me encuentro ante ellos, de frente ante sus impulsos, ya ni siquiera miro al hombre sentado en la butaca del estrado, aunque sea su voz la que haya seguido leyendo en la oscuridad. Pienso que duermo y que a ratos me arrancan con un chasquido de una especie de hipnosis en la que he caído. La defensa de mi caso debió de durar sus cuantos meses, puesto que ese estado de somnolencia se alargó hasta el infinito en mi cabeza. Debí de haberme defendido, Sibila, debí de haber contado esta misma historia que ahora escribo para ti, unas cuantas veces, o muchas veces, a abogados, a miembros de organizaciones de derechos humanos, a algún ministro de la Iglesia Católica y a mi familia. Pienso que la historia me libró de una condena ejemplar, de trámites inhumanos, algo de ternura debió de despertar en la gente. O tal vez sirvió de burla, hice reír con ella a muchos testigos, o confirmó mi locura, o me volvió tan repudiable que decidieron que no debía ir a la cárcel. Tal vez lo único que los asistentes a la farsa judicial creyeron verdadero era lo referente al huracán. Pienso que nadie hubiera prestado atención a lo que conté si no es por el huracán, que estaba presente aún en todas nuestras acciones y su recuerdo, de alguna manera, convertía cualquier historia descabellada en realidad. Lo que sí es cierto es que desbaraté con ella las pretensiones del inspector, creo que lo dejé en ridículo. Todo lo que queda de aquellos días en los tribunales, permítaseme que llame así a ese ridículo oasis de la justicia, pasó hace tiempo al plano de la fantochada; pienso que nadie se tomó en serio nada de lo que sucedió en aquella sala extraña de El Progreso. Nos reunimos allí porque lo mandaba la Constitución de la República, debatimos sobre unos derechos que nadie estaba dispuesto a respetar, ni el mismo inspector de policía, que sólo quería justificar su salario. Ni mis padres, que tuvieron que vender algunas de sus tierras para pagar mi defensa. Todo lo que recuerdo es absurdo, precisamente porque los que actuaron en aquella sala trataron de que no lo fuera, de hacerlo lógico, jurídico. Lo único concreto que me queda es la voz que lee, que despedaza decretos y asigna nombres a los delitos de los hombres. Sé que le asignó un nombre bastante fantasioso a mi enfermedad, porque de eso se trató todo aquello, tratar de salvaguardar la integridad de una sociedad pirada de los desórdenes mentales de individuos como yo que quieren forzarla. También recuerdo la ternura y los ojos vidriosos de los tipos que servían de testigos, que siempre se dirigían a mí en tiempo pasado, como si trataran de extraer mi cuerpo de un agujero cavado en él. Todo lo demás es una nebulosa que se mete en mi cabeza a través de la respiración, del calor; solo están las luces que se prenden y apagan para señalar el paso de los días y las semanas, o el tipo que lee y lee y a veces frena para indicar que ha cumplido con sus ocho horas de trabajo.

Vi al mundo de una manera extraña, Sibila. Vi cómo se escindía y multiplicaba, cómo los hombres lo fragmentaban con sus alegatos. Lo cierto es que con una realidad así ya no pude pensar más en ti, mi amor, mi mente te llevó a un lugar seguro, donde la acusación de la Fiscalía y las pruebas de la defensa no pudieran atrofiar tu recuerdo. Eso salvaguardó el afecto, lo puso por encima del absurdo, lo libró de un enamoramiento fatal y exacerbado. Yo diría que pensaba en ti, Sibila, que te imponía a la atmósfera vertiginosa de la sala, pero sin concretar, sin meditación o mediación. Como a veces se piensa en los antepasados que están muertos, sin remover los sentimientos que provocaron en nosotros, pensamos en ellos desde la periferia del cerebro, sin involucrarnos en nada que pueda afectar lo que dejaron adentro del corazón. Creo que fue lo mejor para mí y para ti. Cuando nos embarcamos en travesías inútiles, en disputas sin sentido, lo ideal es poner en recaudo lo mejor del alma humana, mi corazón se dio cuenta de ello a tiempo y conservó intacto el afecto. Éste que ahora me hace llorar frente a la computadora y me empuja a recordar las fechas.

33

Después me liberaron. Le dieron instrucciones precisas a mi familia para que no volvieran a descuidar mi cabecita. Hice el viaje de regreso hacia mi pueblo en un viejo autobús que se encargó, con los sobresaltos del motor, de traer mi memoria hacia el presente. Los lugares habían cambiado, un lodo marchito rayaba las calles, y la gente, afincada en las márgenes de la carretera todavía, parecía triste y sombría, pero dispuesta a dar el salto hacia el futuro. Los veía cargados de espaldas, pero joviales, como si se recuperaran de una broma pesada, como si le advirtieran al dios de una sola pierna que habían esperado más de él. Desconocí incluso a mi propio pueblo, el de los juegos infantiles y los recuerdos, lo vi achicado y arenoso, hostil. Me fijé que el río ya no era apacible como lo recordaba de la última vez que bañé en él, mostraba signos de encontrarse irritado o feroz. La casona de mis padres parecía floja y endeble, como si el huracán hubiera recortado parte de la techumbre y movido las paredes hacia direcciones opuestas. Al entrar en ella me explotó la tristeza. Yo era un monigote que rezumaba tristeza por los poros. Me encerré en mi cuarto y me dediqué a llorar en silencio. No sé cuántas semanas estuve así, sumido en el puro desconsuelo, cociéndome en aquel cuartucho que olía a sobaco y desgracia. Lo bueno es que nada dura para siempre en este mundo, todo se descompone o tira hacia la degradación; eso pasó con mi tristeza, Sibila. Eso mismo le pasó a nuestro amor, mi vida, se volvió orgánico, celular, se introdujo en los jugos de la carne, y, al contacto con la materia del mundo, se fue concentrando, cada año un poquito, de manera brutal y obstinada. Hasta que por fin se disolvió en los tejidos y me permitió salir al aire puro, respirar de nuevo.

Un día ya pude abandonar la casa de mis padres por mi propio pie. Su autorización estuvo plagada de advertencias, no querían volver a vérselas con abogados. Pude regresar a San Pedro, Sibila. Me permitieron matricularme en la universidad y continuar con las clases, pero en una carrera distinta. Estaba obligado a presentarme todos los meses a la consulta de un doctor de locos. Me hacía preguntas relativas a mis notas o a mis quehaceres diarios, debía contestarle en orden y sin pasión para certificar mi libertad. En la Carrera de Letras los locos siempre han abundado, cada generación se jacta de haber tenido como compañero al más majareta de todos; por eso mis padres hicieron planes para que no regresara a ella. Pero ellos no pueden evitar que me gusten los libros, que todas las tardes me siente en cualquier sitio desocupado a tragarme uno entero. Lástima que la tiendita de los licuados ya no exista, que haya sido consumida por un incendio una noche en que cayó una tormenta fantástica, según me di cuenta, y que los dueños del edificio que se construyó en su lugar hayan preferido convertir aquel sitio antiguo en un expendio de pollo frito con tajadas, donde te arrebatan la silla al menor descuido.

He tenido que ir moviéndome para encontrar lugares donde leer en paz, de todos ellos me echan cuando ven que pasan las horas y no compro nada. No me importa, yo sigo buscando, dando vueltas por todo el Centro, como si se tratara de una peregrinación o un castigo. La gente me mira con desasosiego, con compasión, o curiosidad, porque advierte una subversión en el libro que me ven abrir sobre la mesa. Piensan que sus teléfonos celulares no los van a agotar tanto como la lectura de mi libro, están seguros de la superioridad técnica de sus dispositivos inteligentes. Yo no me meto con ellos, los ignoro, y sigo enfrascado en las historias que leo. Es posible que a este ritmo vuelva a enamorarme de nuevo, que encuentre otro libro que pueda sacarme de esta triste realidad. Tantas heroínas que se cruzan en el camino de mi lectura todos los días, alguna de ellas va a venirse conmigo cuando termine de batallar con las páginas que conforman las pesadillas del autor del libro. Por el momento hay algunas en perspectiva que han comenzado a hacerle cosquillas a mi corazón; será cosa de encontrar las condiciones adecuadas para imponérselas al espíritu. Quién quita que un día de estos no comience un idilio apasionado con la bella Helena de Troya o que me prenda del corazón de la vengativa Krimilda. Podría ser el amante obcecado de la piadosa Beatriz, o la esperanza insoslayable de la rubia Isolda. Por qué no podría traer de regreso al espíritu insomne de Melibea que vaga en los rincones del mundo en pos de su amado Calixto, o entrometer mi afecto en el desespero de Eurídice. Tantas posibilidades, mi mundo poblado de mujeres no parece contener un fin, Sibila, tampoco mi tristeza.

COLECCIÓN NARRATIVA